AF501076

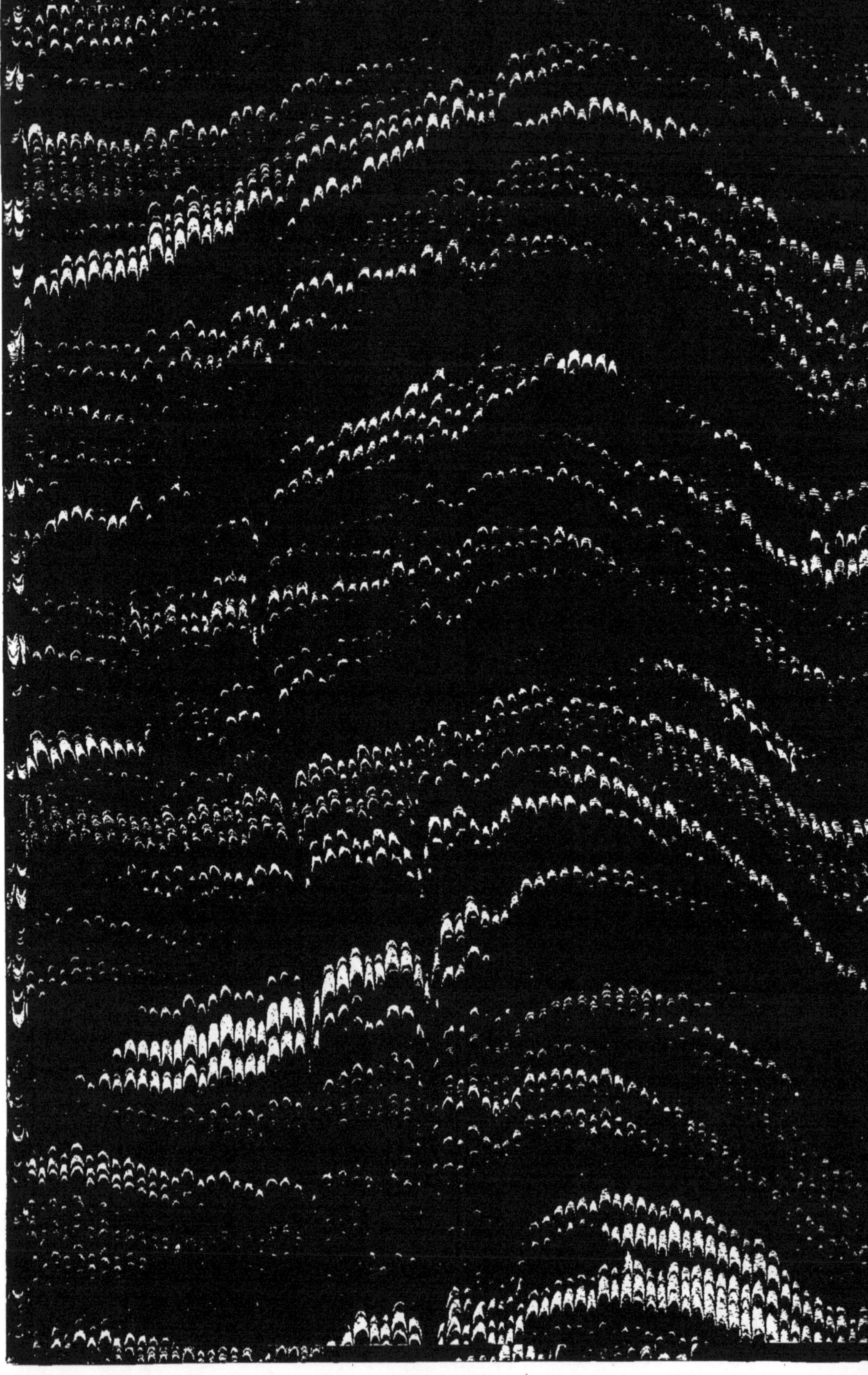

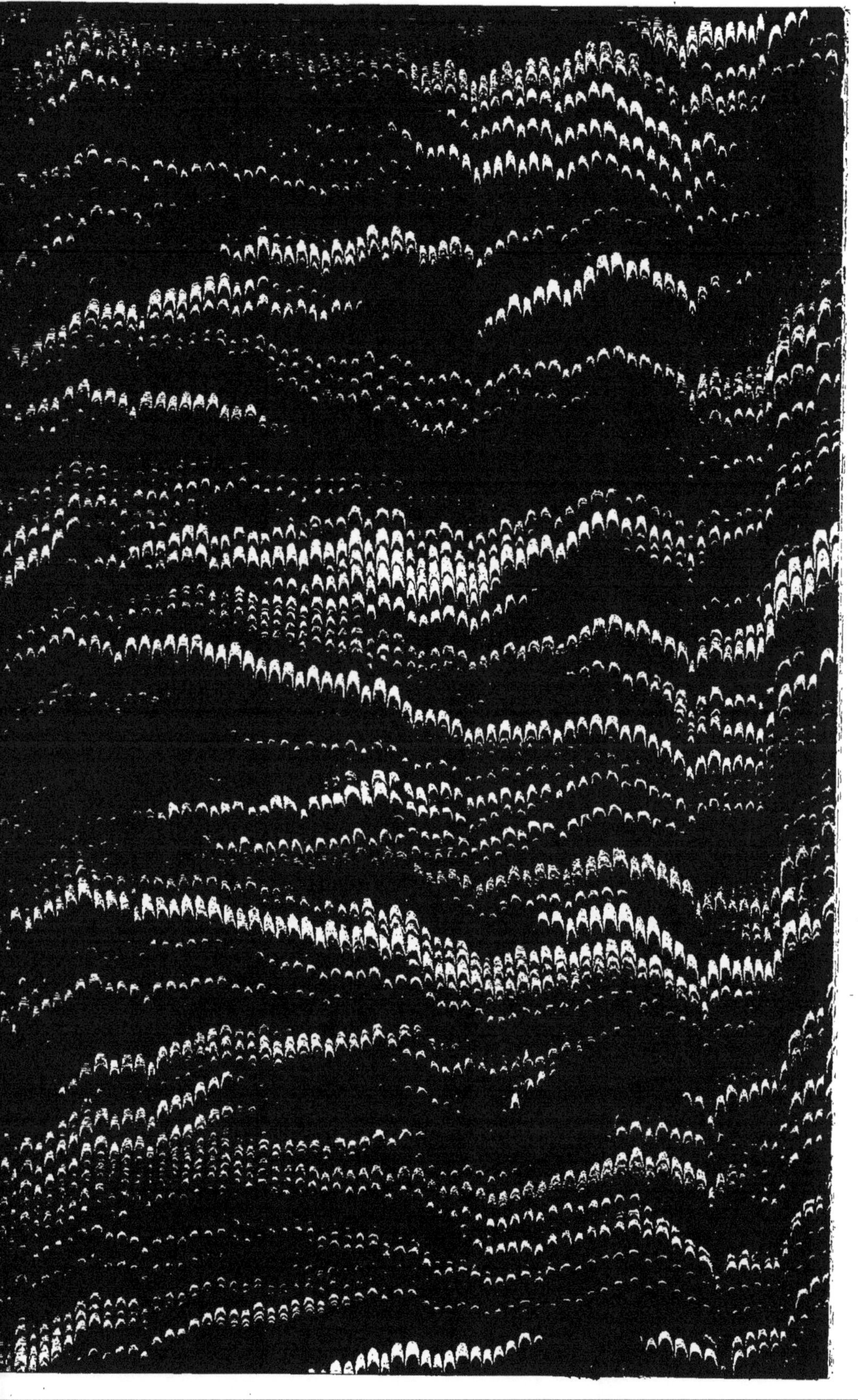

LETTRE

A M. XAVIER RAYMOND.

Sous presse :

ÉTUDES SUR LA LANGUE EUSKARIENNE,

par MM. J. Augustin Chaho et A. Th. d'Abbadie, de Navarre.

LETTRE
A M. XAVIER RAYMOND,
SUR
LES ANALOGIES
QUI EXISTENT ENTRE LA LANGUE BASQUE
ET LE SANSCRIT;

PAR J. AUGUSTIN CHAHO,

auteur des *Paroles d'un Voyant.*

Hour tchortak, ardura arduratuz,
Harria chila zirozu.

La goutte d'eau qui filtre et tombe sans jamais tarir peut creuser jusqu'au rocher le plus dur.

OÏHENART, poésies.

Paris,

ARTHUS BERTRAND, LIBRAIRE-ÉDITEUR,

RUE HAUTEFEUILLE, N° 23.

1836.

« Il est une prétention contre laquelle nous de-
» vons nous élever ; s'il est vrai qu'on n'a pas en-
» core su dire de quelle race sont descendus les
» Ibères, il faut aussi se garder d'en conclure
» qu'ils sont le peuple primitif et les premiers
» pères du genre humain. C'est une hypothèse
» que rien ne justifie, et lorsque M. Chaho essaie
» de la soutenir par la philologie, en assurant
» que la langue basque n'a de racines communes
» qu'avec le sanscrit, nous croyons pouvoir affir-

» mer qu'il est complètement dans l'erreur. Ainsi,
» il cite, à l'appui de son assertion, les mots
» basques : *sou,* qui veut dire le feu, mais c'est
» en sanscrit *agni ; our,* l'eau, en sanscrit *uda ;*
» *iakitate ;* la science, en sanscrit *veda ; ekia,* la
» vérité, en sanscrit *satya,* etc. Il est prouvé, au
» contraire, qu'il n'existe pas d'analogie entre ces
» deux idiomes. »

X. R.

(LE TEMPS, *feuilleton du* 6 *février* 1836.)

Monsieur,

Après l'article spirituel que vous avez daigné consacrer au *Voyage en Navarre*, dans le journal *le Temps*, je ne devrais prendre la plume, ce semble, que pour vous en remercier. Je vais vous paraître bien ingrat de venir vous ennuyer d'une réplique, à propos de langue basque et de sanscrit. Mais vous m'avez taxé d'erreur matérielle, pour avoir dit qu'il existe entre ces deux magnifiques idiomes quelques analogies de vocalisation ; et plus vos jugemens, en matière d'érudition et de goût, ont acquis d'autorité, moins il m'est possible de garder le silence, quand vous portez un coup si rude au thème philologique professé par les *Voyans* (*).

La doctrine que j'ai reçue des sages de ma patrie est tellement opposée aux croyances vulgaires de l'Occident, que je n'oserais me permettre d'assertion aventureuse. La première loi que j'ai dû m'imposer en écrivant, c'est

(*) Le sanscrit désigne un prophète par le mot *dùradarshi*, loin-voyant.

de n'avancer aucun fait qui ne soit étayé de témoignages décisifs, quoique le plus souvent j'évite de citer mes preuves. La science qui convient désormais à notre civilisation dédaigneuse, à notre public saturé, ressemble à un hochet d'or, brillant et poli, que des mains artistes ont habilement façonné : on ne s'inquiète guère des sueurs fiévreuses qui ont dû sillonner les joues amaigries et le front pâle du mineur, lorsque, armé d'un flambeau vacillant, il bravait d'infernales ténèbres et creusait de longs souterrains, pour arracher aux entrailles de la terre le métal précieux. J'ai entrepris d'ériger une statue au peuple primitif du Midi; l'or qui recouvre ses formes grandioses est disposé de manière à pouvoir se détacher. Vite, un creuset et des balances.

Les mots basques que j'ai cités dans le *Voyage en Navarre* étaient destinés à prouver la fécondité des racines ibériennes et la riche série de leurs dérivations inspirées. Je n'avais point pour but d'y faire ressortir les similitudes qui peuvent exister entre le sanscrit brahmanique et l'*Eskuara* des Basques pyrénéens; ces similitudes, je les avais déjà signalées dans mes précédens écrits, où je les faisais servir à l'explication de quelques mythes religieux. Peu de gens ont lu les *Paroles d'un Voyant* et la *Philosophie des Révélations*; il vous est tout à fait permis d'ignorer jusqu'à l'existence de ces deux livres, obscurs autant qu'incomplets; mais, je ne puis m'empêcher de le remarquer, les mots basques auxquels vous refusez droit de cité dans le vocabulaire indien sont précisément les mêmes que j'avais employés pour définir les allégories du Déluge, du Serpent, du Christ et de l'Agneau, qui jouent un si grand rôle dans le christianisme romain et dans la mythologie orientale. Permettez-moi d'en reproduire ici quelques uns.

Le principe mâle,	*ar.*
Le fort, le puissant,	*azkar* (*asko-ar*, assez mâle).
La force,	*indar* (ce qui est dans le mâle).
La lumière,	*arghi.*
Le soleil,	*arghiama.*
L'animalcule,	*ar.*
L'incarnation,	*araghi.*
La flamme,	*ghar.*
L'eau,	*our.*
L'Océan,	*Ourania* (la grande eau).
L'inondation,	*ourte.*
L'année,	*ourthe.*
Le déluge,	*ourthandia.*
La colombe,	*ourzo* (oiseau de l'Océan).
La femelle,	*ouriz* (ce qui est eau, le principe fluide).
Le feu,	*sou*, *chou*,
La couleur blanche,	*souri, chouri.*
Un agneau,	*chouri* (*a*).
Le soleil,	*chourien* (*a*), le plus blanc.
Le serpent, le dragon,	*soughe, choughe.*
Le feu central du globe, Le grand serpent,	*soughe* (*heren*).

J'ai cru pouvoir affirmer, dans le *Voyage en Navarre*, que les mots *arghi*, *arghiama*, *jakin*, *sou*, *our*, etc., se retrouvent avec la même signification dans le sanscrit liturgique : vous affirmez, de votre côté, que je suis complètement dans l'erreur sur ce point. Laquelle, de ces deux affirmations, est la vraie ? L'un de nous deux se trompe bien certainement. Serait-ce vous ? Est-ce moi ? Plusieurs années d'étude laborieuse m'ont permis d'examiner et d'approfondir la question qui nous occupe, et que j'ai posée tout le premier. Nul philologue encore n'avait soupçonné qu'il existât quelques rapports entre le sanscrit indo-scythique et l'*Eskuara* primitif des Ibères hispaniens. Nul, que je sache, n'avait encore admis ou contesté ce fait, et je vous crois le premier qui se soit prononcé pour la négative.

Je conviens avec vous que le feu s'appelle en sanscrit *agni*; je ne puis l'avoir oublié, puisque je l'avais moi-même écrit l'an passé (*). Mais le sanscrit désigne également le feu par les mots *vahni*, *barhi*, *pavaka*, *anala*, *rohitashua* (**). Êtes-vous bien certain que le radical *sou* et ses dérivés n'y soient jamais employés dans le même sens?

Je vous accorde, tout aussi volontiers, que l'eau reçoit en sanscrit le nom de *uda*, ou plutôt celui de *uha*, *uhari*; mais les mots *nir*, *gelam*, *salilam*, *camalam*; *vaya*, *kilala*, *amrdam*, *givanam*, *arnam*, *toyam*, *shambaram*, *pani*, etc., participent de la même signification. Pourquoi vouloir exclure de cette nomenclature riche et multiple le radical ibérien *ou*, *our*, qui n'est pas d'ailleurs sans quelque analogie avec le mot que vous-même avez cité?

L'Inde, suivant les traditions brahmaniques, fut habitée, durant le premier âge, par les patriarches enfans du soleil; et vous ne disconviendrez pas, du moins, que les *Vedas* donnent à l'astre du jour les noms de *surya*, *suryen*, *chouria*, *chourien* (***). Les républiques

---

(*) Dans une note de la *Philosophie des Révélations*, j'avais remarqué que l'*agni* oriental et l'*ignis* étrusque, homonymes de deux dialectes germains, se combinent savamment dans le mot *agnus*, dont les Français ont fait *agneau*.

(**) VYACARANA, seu locupletissima samscrdamicæ linguæ institutio, A. P. PAULINO A. S. BARTHOLOMÆO, carmelita discalceato; Romæ, MDCCCIV.

(***) L'*u* se prononce *ou* en sanscrit comme en basque; mais certains dialectes ibériques font usage de l'*u* tel que le prononcent les Français et les Turcs, et j'écris le plus souvent *ou*, suivant l'orthographe française.

fédérées des Euskariens-Ibères florissaient à la même époque dans la Péninsule hispanique, et se maintinrent dans une paix profonde jusqu'à l'irruption des Tartares ou Celtes. En bonne histoire primitive, l'arrivée de ces barbares, en Occident, synchronise avec la conquête de l'Inde par les Veders, ou hommes des bois, qui sont les Scythes. L'émigration générale des peuples hyperboréens vers le midi du globe, précéda l'ère galiléenne d'environ trente siècles. C'est à partir de cette époque que la chronologie indienne fait commencer son *Caliougam*, l'ère de mélange et de corruption.

J'ai suffisamment discuté, dans d'autres écrits, les faits historiques que j'invoque ici, pour n'avoir pas besoin d'y revenir. Il serait également superflu d'éclaircir les contradictions apparentes qui existent entre les récits allégoriques de la Genèse, et l'histoire universelle, telle que l'enseignent les *Voyans*. J'ai pour méthode de ne parcourir à la fois qu'un rayon de notre synthèse, et de projeter d'un livre à un autre les angles qui complètent son cercle lumineux.

Sans rien préjuger sur les origines de la langue primitive de l'Indoustan, je pose en fait incontestable que le dialecte sanscrit est un mélange et un composé de cet idiome primordial et du dialecte scythique, apporté du Nord par les Veders conquérans. Le sanscrit, en effet, est celtique dans les quatre cinquièmes de sa nomenclature; il se rapproche du dialecte étrusque ou latin plus que du dialecte hellénique (*).

(*) L'élément euskarien qui est à l'élément celtique, dans le sanscrit, comme un est à quatre, et dans le latin, comme deux est à trois, est à peu près nul dans la langue grecque: ce fait vient corroborer ma première observation. Evidemment la pensée ibérienne a

	En sanscrit.	En latin.
La débilité,	*abela,*	*debilitas.*
Un ruisseau, une rivière,	*arivi,*	*rivus.*
Les vers, la poésie,	*carma,*	*carmen.*
Le gosier, le cou,	*galla,*	*collum.*
Le froid, la gelée,	*gela,*	*gelu.*
La mort,	*mortyou,*	*mors.*
Une mère,	*mitr,*	*mater.*
Le nom,	*nama,*	*nomen.*
Ce qui est neuf, nouveau,	*nava,*	*novus.*
Un navire,	*nava,*	*navis.*
La nuit,	*nisha,*	*nox.*
Un père,	*pitr,*	*pater.*
L'utérus, le ventre,	*udara, djedara,*	*uterus.*

Les dénominations numériques sont employées avec succès et certitude pour classer, par ordre de parenté, les dialectes divers du langage humain. Voici la numération sanscrite :

---

modifié la forme étrusque, comme l'indianisme primitif a modifié la forme brahmanique. J'ai dit dans quelles proportions la vocalisation euskarienne se combine dans ces langues mixtes. Quelques uns de nos philologues nationaux, tels qu'Astarloa, D. Erro, Zamacola et Bidassouet, échauffés par un enthousiasme, excusable du reste, mais souverainement ridicule, se sont fait berner, en toute justice, pour avoir nié l'élément celtique qui prédomine, et souvent règne exclusivement dans presque toutes les langues de notre âge. Une certaine ignorance de l'histoire a eu sa bonne part dans l'erreur de nos philologues montagnards qui, voyant tout à travers le prisme d'un patriotisme exalté, ont cru reconnaître l'*Eskuara* dans tous les dialectes du langage humain. La vocalisation euskarienne, transparente et significative jusque dans ses moindres détails, a dû favoriser leur illusion, que je leur pardonnerais volontiers, sans le ridicule ineffaçable dont ils se sont couverts par d'étranges bévues, et par l'extravagance complète de leurs étymologies.

Un,	*ekam* (ou *eka*, sans déclinaison).
Deux,	*dvayam.*
Trois,	*trayam.*
Quatre,	*tschatùar.*
Cinq,	*pantschamam.*
Six,	*szasztam.*
Sept,	*saptamam.*
Huit,	*asztamam.*
Neuf,	*navamam.*
Dix,	*dazhamam.*

Il est facile de reconnaître dans cette numération les noms de nombres grecs, latins, galliques et theutons, sans autre différence que celle des vocales, dont l'usage est si arbitraire dans l'improvisation du langage primitif. Il y a évidemment identité entre le *quatuor* étrusque et le *tschatuar* sanscrit ; cette identité devient plus frappante dans les nombres *szasztam, saptamam, navamam, dazhamam*, qui représentent les nombres *sex, septem, novem, decem*, du latin. Le nombre cinq, en sanscrit *pantschamam*, est homonyme du *pan, pente* grec, et du *pemp* gallique. Ainsi de tous les autres.

La numération euskarienne, qui est méridionale, diffère essentiellement de celles que nous venons de comparer.

1,	*bat.*
2,	*biga.*
3,	*hirour.*
4,	*laür.*
5,	*bost.*
6,	*seï.*
7,	*zazpi.*
8,	*zortzi.*
9,	*bederatzi.*
10,	*hamar.*

Le nombre trois, *hirour*, est ainsi appelé, en euskarien, du mot *our*, eau, source, parce qu'il est la source et l'abrégé de tous les nombres ; il mérite, par l'importance de son rôle et par ses prérogatives, la prééminence que lui accordaient les Pythagoriciens.

Le nombre cinq reçoit le nom de *bost* et *botz*, c'est à dire son, retentissement, voix, harmonie; par allusion au phénomène de la sonorité des corps dont le retentissement fait entendre le son indivisible, dans une échelle absolue, par vibrations de quintes. On raconte que Pythagore se plaisait à entendre le bruit que fait, en tombant sur l'enclume, le marteau du forgeron, parce qu'il lui avait fourni l'occasion de faire ou de vérifier cette observation. Les Pythagoriciens donnaient, en effet, au nombre cinq le surnom de *tropon*, qui signifie son, harmonie, et correspond au *bost* euskarien.

Les mêmes Pythagoriciens donnaient au nombre dix le surnom de *mariage*. Il porte en ibérien le nom de *hamar*, qui signifie mâle et femelle (*ama-ar*), pour indiquer que ce nombre est le créateur de la numération par addition décimale. Ces rapports doivent nous suffire pour conclure qu'il devait exister une étroite parenté entre la civilisation ibérienne et les écoles sacerdotales de l'Égypte, auxquelles Pythagore devait la plus grande partie de sa doctrine.

Le nombre neuf est, de tous les nombres euskariens, le plus savamment qualifié. Il s'appelle *bederatzu*, de *bedera*, chacun un, chacun une fois, et de la terminative *tzu*, exprimant ici possession et quotité; pour signifier, avec toute la précision possible, que le 9 est le produit de la multiplication de 1 et 3 par 3, et qu'il fait partie de la progression géométrique triple, dont le douzième terme, représenté par le chiffre 177,147, complétait le système musical diatonique des premiers Égyptiens (*).

Il suffit, monsieur, de scruter la langue *Eskuara* dans ses moindres détails, pour se convaincre de la supériorité divine que cet idiome primitif doit à son origine méridionale sur tous les dialectes hyperboréens. Dans ce sens-là seulement, je vous accorde que le basque diffère complètement du sanscrit, c'est à dire qu'il lui est supérieur et préférable; mais je maintiens qu'il existe entre ces deux dialectes diverses analogies de vocalisation, qui acquièrent un grand prix par leur application à l'explication des mythes et des symboles religieux.

En effet, parmi cette foule de mots dont le sanscrit se sert pour désigner chaque objet, il en est toujours quelques uns qui se distinguent par une physionomie toute particulière. Point de ces redoublemens articulatifs, de ces heurts désagréables de consonnes, point de cette prononciation âpre, dure et contractée, qui caractérise l'idiome général du Nord; mais une contexture large, une répétition harmonieuse de vocales, des articulations douces, de l'aisance et de la suavité dans les modulations. Vous me demanderez peut-être si tous ces mots euskaro-sanscrits se retrouvent dans les dialectes basques. Non certainement, et vous concevrez sans peine que l'improvisation de cet idiome primitif du Midi avait dû produire, d'Orient en Occident, des différences marquées dans le dialecte, et une infinité d'expressions diverses, bien qu'analogiques, pour désigner les mêmes objets. Cette variété, qui est le cachet

---

(*) Voir la *Dissertation de l'abbé Roussier sur la musique des Anciens*, et l'*Histoire de l'astronomie ancienne*, par Bailly.

de la nature, existe encore, après quatre mille ans, dans les dialectes basques eux-mêmes, chez des peuplades qui ne sont séparées le plus souvent que par une montagne, une rivière, un torrent. Ainsi le tonnerre s'appelle, en euskarien, suivant les tribus et les dialectes,

Ozpin.
Orzanz, fracas qui remplit l'espace.
Kalerna.
Ilhunghi, faiseur ou créateur de ténèbres.
Ulhunghi, *Uhulghi*, même signification.
Oztiga.
Odotsa.
Ostotsa.
Dourrounda, durunda, bruit sourd, lointain.
Tourmoïa.
Ehorzuri, feu qui tombe.
Irourziri, même signification.
Igorzuri.
Inusturi, etc.

Ce n'est là qu'une partie des mots expressifs et variés dont les Basques pyrénéens se servent pour désigner la foudre; l'éclair n'est pas moins richement qualifié. J'ai cité, dans le *Voyage en Navarre*, les expressions savantes appliquées au soleil; elles diffèrent dans chaque dialecte. La lune elle-même, quoique son rôle soit moins important dans l'idéalisme et dans la poésie des Ibères, s'appelle tour à tour :

Ilarghi,	flambeau des morts, lumière mourante.
Arghizale,	éclaireur.
Arghizaghi,	même signification.
Arghizari,	lumière qui sert de mesure au temps, etc.

Le cri de joie des Basques pyrénéens, qui est le même que le nom de Dieu, et se compose des syllabes *Iâ, ia, ô, ô, ô*, s'appelle, suivant les provinces, *irrinzin, sinkha, kikissaï, ouïaïa*, etc.

Ainsi, lors même que les dialectes ibériques ne posséderaient pas une seule des expressions méridionales que j'ai cru découvrir dans le sanscrit, à la rigueur il ne saurait y avoir là matière à une objection sérieuse, dès que leur méridionalité a été démontrée par la plus forte preuve que la métaphysique du langage humain puisse fournir. En effet, qu'est-ce que ces mots euskariens peuvent avoir de commun avec les mots scythiques créés par des hommes tout autrement modifiés, doués d'organes plus rudes, et sous l'impression d'un climat diamétralement opposé? Rien, si ce n'est ce principe général de l'imitation, qui préside à l'invention du langage, mais dont l'application relative devait enfanter des nomenclatures différentes, avec une forme particulière, une couleur distincte d'origine, et, si j'ose le dire, un goût local de terroir : rien, dis-je, si ce n'est la même parenté qui existe, dans l'ordre de la nature, entre le Nègre couleur d'ébène et le Scythe couleur de lait.

Par une singularité remarquable, presque toutes les expressions méridionales du sanscrit se terminent en *a*; bien plus, aucune d'elles ne se retrouve dans les dialectes celtiques, représentés par le zend ou vieux persan, par le chinois, le gallo-breton, le latin et le grec. Cette preuve négative suffirait pour démontrer que tous ces mots sont une richesse héréditaire dont la langue sacrée des Brahmes est redevable à l'idiome primitif des Indo-Africains. En voulez-vous un exemple? Les mots *piter, meter*, usités par le sanscrit pour désigner un père, une mère, sont évidemment celtiques ; mais le même sanscrit en possède deux, *ata, ama,* qui ne peuvent être que méridionaux, puisqu'ils appartiennent en même temps à l'*Eskuara* des Ibères pyrénéens. Si vous persistez à soutenir que l'élément ibérien ne se combine d'aucune façon dans le vocabulaire indo-scythe, il nous faudra rechercher quel autre dialecte, étranger aux dialectes celtiques, aurait pu faire du sanscrit une langue mixte et corrompue, la langue enfin du *Caliougam;* car le sanscrit, comme son nom l'indique lui-même, n'a rien de la pureté originelle qui distingue l'*Eskuara* pyrénéen.

Et d'abord, quel nom donnerons-nous au sanscrit? Entre cette foule d'auteurs qui l'appellent si diversement, lequel nous fournira le véritable? Dirons-nous *Hanscret, sanscroot, samscroustam, samscroudam, samskretan, sanscretan, sanscreet, samscret, samskredam, samskrit* ou *samskrada*. Je m'en tiens à cette dernière dénomination, que je crois la véritable, sur le témoignage du savant auteur du SIDHARUBAM et du VYACARANA.

Avant d'aller plus loin, je dois observer, avec mon auteur, que la prononciation tudesque et l'orthographe anglaise défigurent les mots sanscrits, au point de les rendre complètement méconnaissables. C'est ainsi qu'elles ont fait

de *Varuna,*	*Boroon,*
de *Ravana,*	*Raabon,*
de *Arghiuna,*	*Doorjodhon,*
de *Judhishtira,*	*Joodister.*
de *Sugada,*	*Soogot.*

Je trouve, avec le savant missionnaire italien, que ces corruptions intolérables et ridicules rendent les mots sanscrits tout à fait inintelligibles et ténébreux, surtout dès qu'il devient nécessaire d'obtenir leur étymologie comparée, à l'aide de vocabulaires étrangers; mais je dois être plus poli que cet auteur envers les philologues, qui prennent tout bonnement quelques patois indiens pour la langue évangélique de Budda. Je reviens au mot *samskrada* : il se compose du radical *sam*, signifiant union, mélange, comme dans *sambashana*, colloque, *sambhasa*, cohabitation, *samshrava*, assentiment. Reste le mot final *skrada*, dont le savant auteur ne fournit point de définition satisfaisante.

Les Ibères donnaient à leur idiome inspiré le nom d'*Eskuara*, que les Basques pyrénéens lui conservent encore, et qui exprime, en définition, un langage clair, significatif, accompagné de la main ou des signes, *eskuara*, *ushakara*; car les deux mots *usha* (*), *esku* désignent la main, en dialecte espagnol, et les mots *ara*, *kara*, indiquent l'art, la façon, la manière. L'arrivée des Celtes en Espagne, et leur mélange avec les tribus ibériques, produisirent la langue celtibérienne, qui fut parlée dans cette péninsule jusqu'à l'établissement définitif des Romains, et que les Navarrais et Cantabres montagnards désignaient par la dénomination d'*erdara*, *erdarada*, demi-langage, dialecte métis, patois mélangé, jargon ténébreux.

La synonymie parfaite qui existe entre le radical ibérique *erdi* et le radical scythique *sam* fait d'abord supposer que le *skrada* indien et l'*eskuarada uskarada* espagnol pourraient bien être la même qualification, avec ces légères modifications que comporte la différence des dialectes. Cette conjecture se change en certitude

(*) Ce radical est employé dans les mots *ukho*, coude, *ukharaï*, poignet, *ukhamilla*, poing fermé, *uztarri*, joug, *usatze*, manier, se servir, *ukhaite*, tenir, *uzte*, laisser, etc.

lorsque l'on fait attention que les mots *sha, shaïa, kara* et *karata* désignent également la main en langue sanscrite.

Aussi j'ai cru pouvoir avancer, dans une note du *Voyage en Navarre*, que le nom de *samskrada*, donné par les Brahmes à la langue indo-scythique, est l'équivalent parfait du nom *erdarada*, appliqué jadis à la langue celtibérienne, et, de nos jours, à tous les dialectes mixtes par les Ibères pyrénéens. L'*erdarada* et le *samskrada* ne sont-ils point nés tous deux durant le *Caliougam?* N'appartiennent-ils point tous les deux à une ère de corruption et de mélange, au règne ténébreux de *Babel?*

Que le sanscrit ait été précédé, dans l'Inde, par une sorte d'*Eskuara* ou de langue aborigène, rien n'est plus certain, puisque la religion brahmanique possède une mythologie savante, dont le sanscrit ne peut fournir la définition. Le mythe remplace le langage; mais la forme artistique des symboles est toujours en parallélisme avec le Verbe dont elle tire son origine; l'allégorie n'est jamais qu'une traduction, et tout dogme religieux dont l'enseignement populaire est basé sur des emblêmes superstitieux et de savantes figures suppose toujours l'antériorité d'une littérature ou d'une poésie intelligente, et d'une civilisation rationnelle. J'ai pris à tâche de prouver cette vérité dans la brochure du *Voyant* et dans ma *Philosophie des Révélations*. Je vais choisir un exemple plus à notre portée et plus palpable que ceux dont je me suis servi dans ces discussions élevées. Qu'un Romain me parle du dieu *Cupidon*, je reconnais dans ce mythe la personnification de la cupidité charnelle et du désir amoureux; que le sculpteur reproduise les inspirations du poète, qu'il taille la statue gracieuse d'un bel enfant, qu'il lui mette sur les yeux un bandeau lascif, dans les mains un flambeau qui toujours brûle, et des flèches dont la blessure est incurable; quoi de plus clair? Mais quand ce même Romain me parle du dieu *Nérée* et de la déesse *Maia*, je dois savoir qu'en sanscrit le mot *maïa* signifie ruse, et que le mot *nera* désigne le cristal des mers, pour comprendre l'intention de ces deux mythes indoustaniques. A quelle langue aurons-nous recours pour savoir ce qu'il faut entendre au juste par le dieu *Chouben, chub, chib*, et par le dieu *Ouischnou, Vischnou*? Admettons un instant que ce doive être la langue *eskuara*, dans laquelle le feu s'appelle *su, chu* (prononcez *sou, chou*); nous découvrirons aussitôt que le *Chuben* indoustanique est le même que le *Chuban* des premiers Aquitains, et l'*Heren-Soughe* ou Grand Serpent des Euskariens espagnols. Effectivement *Chuben* ou *Chib* est souvent représenté, dans les hiéroglyphes religieux de l'Inde, sous la figure d'un immense dragon, qui s'élance du lac infernal, avec sept gueules flamboyantes. Le dieu *Chub* (*), et les dogmes qui se rattachent à son culte, renferment donc en réalité la théorie géologique du feu central, et des Cataclysmes rénovateurs de notre globe. Parfois le Grand Serpent est peint roulé sur lui-même en plusieurs cercles, profondément endormi dans le sein de *Vischnou*, qui représente, de son côté, l'Océan, cet emblême du temps sans bornes, et de l'éternité.

Vous me contesterez peut-être ces définitions, prises d'un dialecte espagnol; persuadé, comme vous me pa-

(*) Ce nom s'écrit de mille façons qui se rapprochent plus ou moins de l'orthographe ibérienne : *shouv, shiouw, shiouven, shiouva, shib, chib*, etc.

raissez l'être, que le feu n'a d'autre nom en sanscrit que celui d'*agni*, et que l'eau se désigne par le mot *uda*, invariablement. J'ai pour moi, fort heureusement, l'autorité du docte Paulin (déjà cité), qui, long-temps avant nous, avait expliqué ces deux mythes par le vocabulaire sanscrit : *Chub*, dit-il, représente le feu, et *Vischnou* l'Océan.

Or, comme le feu ou serpent, *shiuva*, est un principe créateur fécondant, nous pouvons dire, avec l'*Eskuara*, qu'il est mâle, *ar*; qu'il est fort, *askar*; qu'en lui réside toute puissance, *indar*; et que son front superbe est orné de cornes lumineuses, *adar*. Effectivement, le *Shuiven* est souvent peint avec des cornes. Trouvez-moi dans le sanscrit l'équivalent du mot ibérique *adar*, ou reconnaissez avec moi que les brahmes symbolistes doivent cette image savante et poétique à l'inspiration de quelque dialecte primitif, antérieur à leur *samskrada*. J'en ai dit assez pour donner à entendre que cette langue indienne ne différait guère de nos dialectes espagnols. Faut-il d'autres preuves?

Les *Védas* rapportent que, de toute éternité, le dieu mâle (appelé *Ar* et *Askar* par les Ibères), adressa la parole au principe fluide et femelle (que les mêmes Ibères appellent *Ouris*) : Veux-tu que nous nous aimions d'amour *hum?* A quoi la déesse répondit : Soit, je le veux bien, *on!* De ce mariage divin naquirent toutes les œuvres de la création, et les sectateurs de *Shiuva* et de *Vischnou* répètent encore, dans un recueillement religieux, les monosyllabes consacrées *hum-on*, qui composent la fameuse prière des cinq lettres. Maintenant, faut-il vous dire comment les Ibères appellent le mariage humain? Ils désignent cet acte naturel par le mot *eskuontze*, qui signifie très littéralement se donner la main, *eskua*, en disant : Soit, j'y consens, je le veux bien, c'est bon, *on* (*) !

L'histoire de l'œuf humain plongé dans le limon terrestre, éclos à une chaleur féconde, et parvenu, par des développemens successifs, à l'état d'animal organisé, n'est autre chose qu'une allégorie de la génération humaine et des métamorphoses de l'embryon. Le mot ibérien *arraülze*, œuf, est formé du radical *haür*, enfant, et désigne clairement le fœtus. L'homme embryon (*arrolze*); l'enfant (*haür*), parvenu à un certain développement organique, aspire la vie avec l'air, premier moteur de son existence active; idée rendue, en *Eskuara*, par l'onomatopée *hats*, souffle, haleine, respiration, dont

(*) Le besoin est exprimé en euskarien par l'image de la femelle qui désire et attend le mâle, *behaar*. L'isolement est rendu, dans la même langue, par le mot *batkaar*, désignant le mâle qui vit retire seul sans compagne. L'Étrusque avait exprimé l'isolement par l'image brillante, mais relativement fausse, du soleil qui brille, seul, solitaire, dans le ciel. Pour s'expliquer comment l'aborigène du nord formait ainsi son langage d'aperçus matériels, dictés par les hasards d'une inspiration abrupte, il faut réfléchir aux conditions de climat qui retenaient le Barbare enterré dans ses cabanes enfumées, et séparé la moitié du temps des scènes vivantes de la création ; tandis que le patriarche méridional, déployant une immense activité, sous l'impression magnétique d'un jour lucide et chaleureux, et d'une nuit souvent plus belle et plus inspiratrice, devait naturellement fixer sur tous les objets une observation intelligente et sagace, jusqu'à donner à chaque vue de son esprit, à chaque mot révélateur de sa langue, un cachet de profondeur divine et de perfection absolue. Aussi le mot que le sanscrit emploie pour désigner la solitude *ekangui* est-il la traduction exacte du mot ibérien *batkar*, et désigne-t-il un seul mâle, un seul amour. Mais c'est là un genre de ressemblance et d'analogie que les hommes très versés dans la philologie universelle peuvent seuls apercevoir et apprécier, et que les discussions superficielles de cette lettre ne me permettaient point de dévoiler.

l'idiome a fait les mots *haste*, *hatsarre*, commencer, commencement. Le réveil, qui retire l'homme du sommeil, cette image de la mort, est exprimé, dans la même langue, par le mot *iratzar*, qui signifie revenir à la vie en reprenant haleine. Le radical *hats*, combiné avec *khen*, retrancher, ôter, donne *asken*, dernier. Le Basque appelle le dernier soupir *azkenhats*; il dit d'un homme expirant, *azkenhatsetanda*, il en est à ses dernières aspirations. Ainsi se trouve expliqué le mythe génésique si célèbre, où il est dit que le Seigneur Iao, ayant pétri de sa main l'homme chair (*araghi*), l'anima d'un souffle divin. La cosmogonie des Perses place le principe de la vie dans la respiration. Les Brahmes, en retirant du bûcher les cendres des morts, les jettent au vent, en lui adressant ces paroles : « O air! c'est par toi que cet homme respirait et vivait; et maintenant qu'il est mort, nous te livrons ses restes. » L'évangile samanéen rapporte que Budda demandait à un de ses disciples en quoi consiste le principe de la vie : Dans le boire et le manger, répondit celui-ci. — Vous n'avez point encore pénétré ma loi, dit Budda. Alors, se tournant d'un autre côté, il adressa la même question à un autre de ses disciples, qui répondit : La vie est dans le souffle. — Vous avez pénétré ma loi, dit Budda. Le mot sanscrit *suasana*, qui désigne la respiration, peut se traduire par souffle ardent, éthéré.

Décidément, monsieur, les écrivains des *Vedas* et les buddistes samanéens devaient employer un sanscrit très différent de celui que l'on nous enseigne au Collége de France. J'ignore jusqu'à quel point leur idiome sacré pouvait se rapprocher des dialectes euskariens; mais je sais parfaitement que les dix-neuf vingtièmes des ouvrages qui courent l'Europe, et sont étudiés comme de brillans modèles de littérature brahmanique, sont écrits en patois indien assez moderne, lequel ressemble au véritable *samskrada*, comme le roman de la *Rose* à la poésie sacrée de nos anciens Druides.

Toutefois, avec le secours de l'*Amarasinha* et le vocabulaire fourni par le docte Paulin, je crois pouvoir prouver qu'il existe entre le basque et le sanscrit des analogies de vocalisation, notamment dans la partie savante et théogonique de leur nomenclature. Comment les mots *arghia* et *arghiama*, que j'ai cités comme étant communs aux deux dialectes, ont-ils pu vous échapper? Très positivement, le sanscrit donne à tout ce qui reluit, au feu, au cristal, le surnom d'*arka*, *arkia*, emprunté à la lumière; le soleil s'appelle lui-même *argama*, *arkiama*, source de lumière. Paulin le répète en divers endroits, et jusque dans sa dissertation sur les rapports du zend et du sanscrit. Il est aussi positif que le soleil reçoit, dans la même langue, les noms primitifs de *souri*, *chouri*, *souria*, *sourien*, *chourien*, avec lesquels le *Chourmus* des anciens Perses et l'*O-souris* des Égyptiens sont parfaitement homonymes (*). Je ne parle point des mots euskariens correspondans. Quant à savoir si le radical *sou* s'applique au feu dans le sanscrit, c'est du moins en ce sens qu'il se combine dans le mot liturgique *suarghia*, par lequel les Brahmes désignent le firmament. Demandez à un petit Basque de dix ans, ce que signifie le mot *souarghia*; il vous répondra que cette expression composée désigne un feu clair et brillant. — Le ciel s'appelle encore encore, en sanscrit, *sura-loga*, c'est à dire monde lumineux, et cette dernière expression

(*) Voir l'*Ezour-Vedam* et ses divers commentaires, dans lesquels il est question de *Chourien*.

réunit ainsi les deux dialectes qui composent la langue brahmanique.

Le même sanscrit donne au serpent le nom de *sarpam*, qui se rapproche infiniment du *serp-ens* étrusque, et du *sierpe* celtibérien ; parmi les dénominations que le sanscrit applique encore à ce reptile, *viszádara*, *pradaca*, *bhudjanga*, *cundali*, *tshakshushrava*, *dirggavrszta*, je n'en trouve qu'une seule, *aghi*, qui rappelle le *su*, *chu*, *sughe*, *chughe* des Ibères pyrénéens. Il paraît que ce radical de l'*Eskuara* primitif, appliqué au serpent, ne s'est conservé, en Orient, que dans le nom mythologique du dieu *Shuïben*, *Chiven*, *Chub* ; mais en revanche il se reproduit, en exprimant l'idée du feu, dans une infinité de mots sanscrits, avec tant de justesse et de profondeur, que ses rôles divers ne sont ni plus variés ni plus savans dans le dialecte original des premiers Espagnols. Nous pourrions en conclure que le sol parfumé de l'Inde, son air moelleux et diaphane, son magnifique ciel, avaient doué ses habitans primitifs d'une inspiration plus large et plus lucide encore que celle des Ibères hispaniens, peuple agricole et pasteur, qui, malgré sa civilisation très perfectionnée, conserva toujours, dans sa physionomie, des teintes plus agrestes que les tribus de l'Orient. Au surplus, voici ces mots sanscrits dont le radical *sou* appartient à l'*Eskuara* primitif.

L'éclat du feu,	*sou.*
Le feu,	*souzma, souccha.*
L'éclair fulminant,	*souaru.*
La flamme,	*shiouccha.*
La déesse du feu,	*souaha.*
Le grand serpent,	*shioua.*
La montagne de feu, le Méru,	*soumeru.*
Le ciel des élus,	*souargga.*
Le serpent voyageur,	*sougadda* (Mercure).

Le Vesper, Lucifer, *shoucra, shoukren*
Le fleuve ardent ou Gange céleste, *souarnadi.*

Le principe vital, essentiel, *souayambhu.*
idem, *souavasha.*
idem, *souatandri.*
idem, *souatschanda.*
L'essence, la nature des choses, *souabhava.*
idem, *souadharma.*
Le fluide éthéré, l'air, *shouasana.*
La respiration, le souffle, *souassa.*
Le bon principe des choses, *souadhi.*
La tête et la queue du dragon, créateur et destructeur, *souarbhanu.*
La vérité, la force, *shousma, souasthya.*

Tout ce qui est libre, *souabbhu.*
La volonté, l'impulsion, *souantam.*
L'enfantement ou création, *souti.*

La pureté (de *pur* et *pyr*, feu), *shouddu.*
Ce qui a été purifié, *shoudha.*
Ce qui est sans tache, *shoudhocta.*
La purification, *shouddhicaram.*
Le purgatoire, *shouddhicarastala.*

La vertu, *soucrta.*
L'or, *souarna.*
L'aigle, *soudershana.*

Le soleil, *souavita.*
Brama, Phœbus, *souadjabhu.*
Tout ce qui rayonne, *souatscha.*
Une belle image, *sourupa.*
Une belle femme, *soumucchi.*
Tout ce qui est beau, *soumaccha.*

Une femme blonde, *shyeta, shyeni*
La couleur blanche, *shoucla.*
idem, *shoubhra.*
idem, *soutschi.*

Ce qui a la subtilité du feu, *soutschacca.*

Ce qui est semblable au serpent,	*soudhi.*
Les étoiles, les génies célestes,	*soura.*
Le soleil,	*sourya.*
Le verre, le cristal,	*souryâkanta.*
Les astres,	*souryaparshuavasthi.*

Affirmerez-vous encore que le feu s'appelle en sanscrit *agni* et non *sou* (*)?

Il nous reste à vérifier s'il n'en est point de même du radical *our*. Le choix que les hommes ont toujours fait de la proximité des fleuves et des rivières pour y établir leurs demeures, fit adopter en principe, aux Ibères, le mot *our*, *ouri*, *ri*, pour désigner une peuplade, un groupe d'habitations, un territoire, une ville : il présente en sanscrit la même signification. Le docte Paulin en a fait la remarque dans sa dissertation sur le zend et le sanscrit. Je ne puis dire si ce mot *our* exprime l'idée de l'eau ou d'une cité, dans les noms suivans de villes indiennes primitives, qui s'élevaient toutes à la proximité d'un fleuve ou d'une rivière.

Sur le Chabero,	*Abour.*
Sur le Selenus,	*Akour.*
Sur le Tyndis,	*Apothour.*
Sur le Psodostomius,	*Baleokour.*
Sur le Chabero,	*Kalour.*
Sur le Selenus,	*Korindiour.*
Sur le Pseudostomius,	*Koreliour.*
Sur le Baraïza,	*Korriour.*
Sur le Tyna,	*Iatour.*
Sur le Chabero,	*Ikour.*
Sur le Pseudostomius,	*Ipokour.*
Sur l'Indus,	*Ithagour.*
Sur le Chabero,	*Magour.*
Sur le Tyndis,	*Maphour.*

(*) Le radical *agni* ne fournit que cinq à six dérivés, tandis que le *sou* euskarien en possède plus de cinquante.

Sur le Selenus,	*Mantitour.*
Sur le Baraïza,	*Maztanour.*
Sur le Namadus,	*Modour.*
Sur le Nanaguna,	*Naghiour.*
Sur le Pseudostomius,	*Palour.*
Sur le Tyna,	*Phour.*
Idem,	*Poleour.*
Sur le Pseudostomius,	*Podoperour.*
Sur le Messolus,	*Skopalour.*
Sur le Baraïza,	*Tenour.*
Sur le Namadus,	*Theïatour.*
Sur le Baraïza,	*Zilour*, etc.

Appelez l'eau, en sanscrit, *uda*, ou, si vous l'aimez mieux, *pani*, *shambaram*, *tògam*, *arnam*, *givanam*, *amrdam*, *kìlàla*, *kamalam*, *salilam*, *gelam* et *nir*; mais souffrez qu'à mon tour je lui donne les noms parfaitement indiens de *ou*, *oua*, *ouha*, *ouhari*, *our*, qui servent à former les dérivés suivans dans le vocabulaire brahmanique.

L'eau,	*ouha*, *ouhari*, *ouhaya.*
L'air fluide,	*oukata.*
La pluie,	*ourszti* (en basque *ouri*).
La goutte d'eau,	*ourszanti*, *ourszitam* (en basque *ourchita*).
La grenouille,	*ouarszàbhu* (en basque *oursapho*).
Le poisson,	*ouïszara.*
Le pêcheur,	*ouarta* (*kaï-*).
L'hiver,	*ourszam.*
L'inondation,	*ouàtszara.*
L'année,	*ouàtszara.*
Le grand déluge,	*ouàrta* (*sam-*), grande année.
Le dieu des eaux,	*Ouàruna.*
L'Océan,	*Ouïszchnou*, *Vichnou.*

Déjà, dans la *Philosophie des Révélations*, j'avais fait ressortir l'identité du mot sanscrit *ouatzara*, désignant l'inondation, l'année, avec le mot ibérien *ourthe*, qui a la même signification. J'y remarquais que, tandis que les peuples hyperboréens comptaient les temps astronomiques et les saisons, par cercles, cycles et anneaux, les Indiens primitifs, les Égyptiens et les Ibères supputaient leurs années par les inondations et les débordemens de quelque fleuve ; cette remarque me conduisait à expliquer comment les âges historiques de la chronologie indienne reçoivent, dans les *Vedas*, le nom de déluges ; et comment chaque grande année du *Cataclysme* terrestre se métamorphose en déluge universel dans la poésie allégorique des théogonies orientales.

Je pourrais ajouter que les livres de Zoroastre donnent aux lacs le nom de *ouarz*, et que le pigeon océanique, le ramier bleu de ciel, ce symbole de l'esprit divin, appelé *ourzo* par les dialectes espagnols, reçoit, en langue zend, le nom équivalent d'*ouàreška*. Il est une foule d'autres mots dont la signification et la prononciation articulée sont exactement les mêmes dans les vocabulaires basque et sanscrit.

	En sanscrit.	En euskarien.
Une mère,	*ama*,	*ama*.
Un père,	*ata, tata*,	*aïta, ata*.
L'air, le vent,	*asza*,	*aïzea*.
Une bête de somme,	*ashua*,	*asthua*.
Un fils, un frère,	*tanaïa*,	*anaïa*.
L'Orient, tout ce qui est principe, tête, origine,	*purua*,	*burua*.
Un homme, un chef,	*puruza*,	*buruzaghi*.
Les devanciers,	*puruacah*,	*burasoak*.
Le commencement et la fin,	*puruabara*,	*burubara*.
La main,	*kara*,	*kara*.
Une cime,	*kuta*,	*kukuta*.
Un chien,	*kuzurra*,	*zakurra*.
Une chienne,	*sarrama*,	*sakurrama*.
Un devin,	*djazti*,	*azti*.
La nourriture, le manger,	*djana*,	*jana*.
Celui qui sait tout,	*djana* (*sarua*-),	*jakina* (*oro*-)

Le ciel,	*gagana,*	*gagana.*
Un bœuf, un taureau,	*idwa,*	*idia.*
Le Seigneur,	*izha,*	*izhana*(celui qui est, Dieu),
Une étoile,	*irz,*	*izar.*
L'eau pluviale, les pleurs,	*nir,*	*nigar.*
L'homme sage, le juste,	*zuurta,*	*zuhurra,* etc.

Je pourrais multiplier les rapprochemens ; j'aime mieux vous citer plusieurs noms de villes qui ont fleuri dans l'Inde et l'Ibérie espagnole, durant l'âge primitif ; je défie les plus érudits des philologues de découvrir leur étymologie à l'aide des langues du nord ; au lieu qu'elle est facile et démonstrative à l'aide du *samskrada* brahmanique et de l'*Eskuara* pyrénéen.

Ibérie espagnole,	*Arghiri* (ville de lumière).
Indo-Pandions,	*Arghiri* (ville du soleil).
Ibérie pyrénéenne,	*Arramagora.*
Indo-Lymirices,	*Arramagora.*
Ibérie pyrénéenne,	*Arretacharra.*
Indo-Chartes,	*Arretacharra.*
Ibérie pyrénéenne,	*Arthoarta.*
Indo-Paropamises,	*Arthoarta.*
Ibérie pyrénéenne,	*Sokharangora* (écho sonore du vallon).
	Suhanagora,
	Aganagora.
Indo-Ichtyophages,	*Sokharangora.*
Indo-Iberiges,	*Suhanagora.*
Indo-Lestares,	*Aganagora.*
Indo-Marandes,	*Aganagora.*
Ibérie pyrénéenne,	*Salata.*
	Salagaza.
	Salanburu.
Indo-Iberiges,	*Salata.*
Indo-Caspires,	*Salagaza.*
Indo-Iberiges,	*Salanburu.*
Ibérie pyrénéenne,	*Zubiri, Zubura* (pont-ville, cap de pont).
Indo-Drylophilites	*Zubiri.*
Indo-Iberiges,	*Zubura.*

La géographie primitive de l'Afrique présente les noms suivans, qui tous existent encore aujourd'hui dans le territoire des Ibères pyrénéens.

Arramaïa,
Arzabal,
Arbalte,
Arbaka,
Arrachotu,
Archile,
Arragaïn,
Arripa,
Ourbara,
Buthoura,
Buthouriz,
Bilbana,
Obilla,
Eiharzeta,
Illuka,
Olhapia,
Otzolha;
Olhabassa,
Saraka,
Saraghina,
Zubia,
Zubiour,
Zubiri,
Sugarra,
Vzarra;
Vzargala, etc. (*).

Enfin, la géographie primitive de l'Inde présente les noms suivans, sur les terminatives *ra, ara, gara, agara, aragara*, qui sont inconnues à tous les dialectes celtiques.

(*) Pline, *Géographie*; Ptolémée, *idem*; Strabon, *idem*; etc.

Indo-Hanbestes,	*Agara.*
Indo-Marandes,	*Aragara.*
Indo-Ariaces,	*Armagara.*
Indo-Caspires,	*Arripara.*
Indo-Scythes,	*Astakaparra.*
Indo-Caspires,	*Asthobalasarra.*
Idem,	*Chonamagara.*
Idem,	*Indabara.*
Indo-Randamarcottes,	*Larreagara.*
Indo-Caspires,	*Lighinara.*
Indo-Ariaces,	*Mandagara.*
Indo-Scythès,	*Orbadara.*
Indo-Ariaces,	*Ormenogara.*
Indo-Hanbestes,	*Souhara, etc.*

Il n'est pas une seule de ces dénominations qui ne subsiste encore dans la géographie des Ibères pyrénéens. Mais tous ces détails m'entraînent trop loin, et j'ai franchi les bornes que je me proposais de donner à ma lettre : je m'arrête ici. Mon but, en citant, dans le *Voyage en Navarre*, quelques séries de mots euskariens, était de prouver la fécondité de nos radicaux, et la multiplicité de leurs dérivations analogiques. Il est vrai que j'y signalais leurs similitudes avec le sanscrit et les dialectes de l'Inde occidentale. C'était là une assertion que je glissais en passant, et dont je me proposais de prouver plus tard la vérité.

Toute assertion prise dans mes livres se rattache, de près ou de loin, à la synthèse que nous essayons de propager. Jugez combien votre dénégation, sur une question de fait, a dû m'alarmer ! La pensée sacerdotale qui a mis mes brochures à l'index n'aurait point manqué d'invoquer, dans l'occasion, votre témoignage, et mon silence aurait passé pour l'aveu d'une erreur que je ne suis point prêt à confesser. Au début d'une mission littéraire à laquelle je consacre ma vie, il m'importe de bien établir ma réputation d'écrivain probe et consciencieux. La haute idée que j'ai acquise de la science française m'empêche souvent de prouver ou de développer certains faits; à force d'être concis, je deviens obscur; mais, dût-on me taxer d'amour-propre excessif, il est dans mes écrits, aussi peu lus que compris, plus d'une ligne semblable au rayon de miel qui renferme le suc de mille fleurs. Je n'ose me flatter d'avoir toujours raison; mais quand il m'arrive d'avoir tort, c'est toujours en excellente compagnie : faible écho, je redis la parole des voyans et des sages; et tel qui croit persifler mes opinions personnelles attaque souvent la pensée des plus beaux génies qui aient brillé depuis les siècles sur l'horizon de l'humanité.

Voici bien des pages pour les lignes que vous avez laissées tomber sur moi; mais je crains encore que ma brochure ne soit trop légère pour leur servir de contrepoids. Toutefois, à n'envisager que les termes de comparaison sur lesquels notre discussion aura roulé, je crois pouvoir répéter, en terminant, que les expressions basques citées dans le *Voyage en Navarre* appartiennent en même temps au vocabulaire sanscrit (*). Si j'ai pu réussir à vous le persuader, le but que je me proposais dans cette lettre sera dépassé.

Irai-je, après cela, débattre la question politique que vous avez effleurée? Non; mais je dois relever une de vos expressions, aussi juste que profonde : c'est celle où,

---

(*) Excepté la série qui se rattache au radical *eki*, *ekei*; cette dernière appartient aux dialectes méridionaux de l'Inde occidentale, dont j'ai parlé dans mon livre, en même temps que du sanscrit.

voyant dans chaque peuple l'une des individualités de la fédération humanitaire, vous demandez s'il y aurait moralité et justice, de la part des Navarrais et des Basques, à s'isoler, comme ils ont dessein de le faire, en proclamant leur indépendance politique. L'homme gravite, en effet, dans sa famille, sa tribu, son peuple, sa nation, comme chaque nation dans l'humanité collective; le mouvement réagit toujours, circulairement, du tout vers chaque partie; et, sous un point de vue absolu, la constitution du droit des gens, du droit des nations, doit précéder l'exercice des droits de l'homme. Les Jacobins de 89 avaient posé la question au rebours : je ne vois, dans l'histoire, qu'une seule école politique qui ait franchement abordé l'initiative révolutionnaire, ce sont les Galiléens et les fédéralistes de l'Arabie en face de l'empire romain. La fédération de Guernika ne vise point à s'isoler, mais à s'étendre. Je vous accorde que le mouvement actuel est unitaire; reste à savoir autour de quel drapeau ce mouvement doit s'effectuer. Y a-t-il un principe social absolu? Quel est-il? S'il en existe plusieurs, chacun d'eux ne retire t-il point son excellence de son application relative? Si les populations des plaines préfèrent le gouvernement monarchique, pourquoi des montagnards ne resteraient-ils point libres en conservant l'indépendance de leurs tribus? Si vous supposez aux nations un mouvement isolé, non progressif, et sans autre but que lui-même, quelles circonstances détermineront leur individualisme et garantiront l'immutabilité de leur territoire. Et si, tout au contraire, la fusion des races humaines et la pacification future de l'univers social ne sont point un rêve décevant, n'est-ce point à l'ombre du drapeau fédéral que cette merveilleuse régénération doit s'accomplir? L'aurore du temps annoncé par les prophètes brille aujourd'hui sur l'Occident : l'Assemblée et le Jugement des peuples ont commencé ; la presse deviendra la lumière de ce grand concile, et les civilisations ibériques y seront représentées par les *Voyans*. HALA-BIZ. A.-C.

P.-S. Défiez-vous, monsieur, de l'école anglaise, dans laquelle vous me paraissez avoir appris votre sanscrit, qui n'est pas celui de mes maîtres. Les Anglais, jusqu'ici, n'ont guère cultivé les langues orientales que dans l'intérêt de leur commerce et de leur domination ; l'amour de la science ne vient chez eux qu'en seconde ligne. Les études d'un ordre élevé, auxquelles quelques uns de leurs savans se sont adonnés, avaient pour arrière-pensée de captiver la bienveillance des classes supérieures de l'Inde, et d'accroître ainsi la popularité du nom anglais. Un fait qui vient appuyer mon assertion, c'est que les Anglais se sont beaucoup plus occupés des langues vulgaires de l'Indoustan que du sanscrit liturgique, et leur ont consacré plus de grammaires et de dictionnaires qu'à l'idiome sacré : j'ai dit pourquoi. Par une suite de la même tendance, les Anglais ont adopté l'alphabet *deva-nagari*, qui est vulgaire, à la place de l'alphabet malabarique dont les Brahmes se servent, ou du moins se servaient exclusivement, et dans lequel sont écrits leurs livres les plus anciens. Or, les travaux des linguistes français sur le sanscrit se bornent, à très peu d'exceptions près, à des traductions de l'anglais. Je regrette de ne pouvoir m'élever avec espoir de succès, contre cette invasion barbare, qui va frapper de stérilité, dans son germe, l'école française dont l'essor aurait un si bel avenir.

Déjà Paulin se moquait du patois avarié, que les commerçans linguistes de la Grande-Bretagne débitaient de son temps comme rare et savante marchandise. L'Italien fougueux les appelait sans façon des ânes, et je penche à croire que si cette expression voltairienne n'était pas trop polie, elle ne manquait point d'une certaine vérité. Paulin, prêtre et missionnaire, était l'un des forts et des mieux-voyans de l'école sacerdotale (*). Il avait parcouru l'Inde, pieds nus, pendant vingt ans, prêchant sans fruit l'évangile chrétien, et disputant avec les Brahmes, dans leur dialecte sacré. Ce carme éloquent fut le linguiste le plus érudit de son siècle, et sans avoir besoin d'invoquer ici la supériorité de l'école romaine dans les langues mortes, le témoignage de l'auteur italien me paraît d'autant plus respectable qu'il est plus ancien. Car, en fait de sanscrit, les sources les plus lointaines sont toujours les plus pures. J'ai peu de confiance, monsieur, dans celles où, peut-être, vous puisez quelquefois.

(*) Je citerai pour preuve l'effroi que lui inspiraient, quoique vagues et mal dirigées, les conjectures de Bailly sur les populations primitives.

Comme j'avais plus à cœur de justifier mes citations que d'attaquer les vôtres, je n'ai point appuyé sur le mot *uda*, qui peut très bien, comme vous le dites, désigner l'eau, mais qui n'est point sanscrit. J'ignore s'il est en usage dans quelque patois indoustanique; j'ose vous garantir qu'il appartient à des dialectes de troisième ou de quatrième dérivation. Le mot sanscrit est *uha, uhari*. Si vous vous en étiez douté, vous auriez reconnu son analogie avec les mots *uhaïz, uharri*, que j'avais cités dans le *Voyage en Navarre*, comme désignant, en euskarien, une rivière, un torrent. J'aurais dû ajouter le mot ibérique *uhada*, qui exprime une grande quantité d'eau, et dont votre *uda* n'est, monsieur, que l'abréviation; ce qui prouve d'autant mieux que ce dernier appartient à quelque vocabulaire patois. Car, ainsi que j'ai eu occasion de l'apprendre de la bouche de notre grand linguiste et grand écrivain Charles Nodier, les syncopes deviennent plus rapides, les mots composés plus brefs, à mesure que les langues se corrompent par voie de transmutation; tandis que le contraire a lieu pour les radicaux simples.

Partant de tout ce qui vient d'être dit, je conclus que votre *uda*, pris des Anglais, est à l'*uhada* primitif, comme les mots *ag, aïg, eg*, usités en patois gascon, provençal, catalan, romance, sont au mot latin *aqua*, qui se définit de la manière suivante, *ag-uha*. Une preuve sans réplique que le vrai mot sanscrit est *uhada, uha*, c'est qu'on le découvre dans l'expression liturgique *Uhasoukiz* consacrée chez les Brahmines pour désigner les sources des feux ou dragons célestes. Vous la trouverez, je présume, dans le *Bhagavad.*

Je m'aperçois qu'il m'aurait suffi du mot composé *Uhasoukiz*, pour réfuter vos dénégations : 1° parce que ce mot est sanscrit ; 2° parce qu'il renferme le mot ibérien *ouha*, signifiant eau ; 3° parce qu'il contient en outre le radical *sou*, désignant le feu ; 4° parce que ce radical *sou* y concourt à former le nom de *soughe, souki,* donné par les Ibères au serpent ; 5° parce qu'on peut, à la rigueur, chercher dans le *iz* ou *z* final, pour complément expressif de l'idée, le mot *iz* appliqué à l'existence par l'*Eskuara* hispanique, et par le *samskrada* oriental, simultanément. Preuves que les mots *uha, sou, soughe,* et divers autres d'origine euskarienne, sur lesquels roulait notre discussion, appartiennent en même temps au vocabulaire sanscrit, vocabulaire liturgique, bien entendu. Là s'était bornée mon affirmation : je crois l'avoir mise au dessus de toute chicane un peu recevable en bonne philologie, et je m'en tiens là, quant à présent. HUM? ON.

FIN.

IMPRIMERIE DE Mme HUZARD (NÉE VALLAT LA CHAPELLE),
RUE DE L'ÉPERON, N° 7.

AOUT 1835.

PRINCIPAUX OUVRAGES
RÉCEMMENT PUBLIÉS
PAR
ARTHUS BERTRAND, ÉDITEUR,
LIBRAIRE DE LA SOCIÉTÉ DE GÉOGRAPHIE DE PARIS,
RUE HAUTEFEUILLE, N° 23, PRÈS L'ÉCOLE DE MÉDECINE.

VOYAGE AUTOUR DU MONDE DE LA CORVETTE DE SA MAJESTÉ LA FAVORITE EXÉCUTÉ PENDANT LES ANNÉES 1830, 1831, 1832, sous le commandement de M. LAPLACE, capitaine de frégate, publié par ordre de M. le vice-amiral comte DE RIGNY, Ministre de la marine et des colonies. 4 vol. grand in-8, ornés de vignettes, avec un atlas de 12 cartes et plans publiés par le Dépôt de la marine, et accompagnés d'un Album historique de 72 planches, gravé et publié par les soins et sous la direction de M. SAINSON, dessinateur du Voyage de l'Astrolabe.

Chaque partie se vend séparément. — Prix de chaque partie :

Historique, 4 volumes.	30 fr.
Historique, Album, 12 livraisons, tiré sur papier de Chine, à 12 fr.	144 fr.
LE MÊME, tiré au bistre, à 14 fr.	168 fr.
LE MÊME, tiré en couleur et parfaitement retouché au pinceau, à 24 fr.	288 fr.
Hydrographie, Atlas, 3 livraisons sur grand-aigle.	30 fr.

VOYAGE DU LUXOR EN ÉGYPTE, entrepris par ordre du Roi, pour transporter, de Thèbes à Paris, l'un des obélisques de SÉSOSTRIS, par M. DE VERNINAC-SAINT-MAUR, capitaine de corvette, officier de la Légion-d'Honneur, commandant de l'expédition. In-8°, orné de 7 planches, papier vélin. 12 fr.

VOYAGES DE L'EMBOUCHURE DE L'INDUS A LAHORE, A CABOUL, A BALKH, A BOUKHARA, et retour par la Perse, pendant les années 1831, 1832 et 1833, par le lieutenant A. BURNES, membre de la Société royale, lieutenant au service de la Compagnie des Indes; traduits par M. J.-B. EYRIÈS; ouvrage accompagné d'un atlas. 3 vol. in-8. 30 fr.

VOYAGES EN ARABIE, contenant la description des parties du Hedjaz, regardées comme sacrées par les musulmans, celle des villes de la Mecque et de Médine, et des cérémonies observées par les pèlerins qui vont visiter, soit la Kaaba, soit le tombeau du prophète, suivis de notions sur les mœurs, les coutumes et les usages des Arabes sédentaires et des Arabes scénites, ou Bédouins, sur la culture, les arts et le commerce de ces peuples, sur l'histoire de l'origine et des progrès des Wahhabites, la géographie de ces contrées, etc. 3 vol. in-8, ornés de cartes et de plans, dont ceux de Médine et de la Mecque, traduits de l'anglais de J.-L. Burckhardt; par M. J.-B. EYRIÈS, membre de la Société de géographie. Prix : 22 fr. 50 c.

LA RUSSIE PENDANT LES GUERRES DE L'EMPIRE (1805—1815), Souvenirs historiques de M. A. DOMERGUE, l'un des quarante exilés par le comte Rostopchin, recueillis et publiés par M. TIRAN, et précédés d'une introduction par M. CAPEFIGUE. 2 vol. in-8°, fig. 15 fr.

MÉMOIRES DE JOHN HAMPDEN, Histoire de la politique de son temps et celle de son parti; par lord NUGENT; traduits par M. H. J., et précédés d'une introduction historique, par M. SALVANDY, député. 2 vol. in-8°, ornés d'un portrait. 15 fr.

MÉMOIRES DE JOHN TANNER, ou trente années dans les déserts

de l'Amérique du Nord; traduits sur l'édition originale publiée à New-York, par M. Ernest de Blosseville, auteur de l'*Histoire des Colonies pénales de l'Angleterre dans l'Australie.* 2 vol. in-8°. 15 fr.

VOYAGE DANS L'INDE, par Victor Jacquemont, publié sous les auspices de M. Guizot, Ministre de l'instruction publique. 4 vol. in-4°, avec 300 planches de même format.

Cet ouvrage paraîtra en 50 livraisons, composées chacune de 6 planches et de 4 ou 5 feuilles de texte. Les planches et le texte seront exécutés avec beaucoup de soin sur grand papier vélin, format in-4° dit *jésus*.

Le prix de chaque livraison est fixé à 8 fr. : il paraîtra une livraison tous les mois; 4 livraisons sont en vente.

VOYAGE DANS L'AMÉRIQUE MÉRIDIONALE, le Brésil, la République orientale de l'Uruguay, la Patagonie, la République argentine, la République du Chili, la République du Pérou, la République de Bolivia, exécuté pendant les années 1824 à 1833, par Alcide d'Orbigny, naturaliste-voyageur au Muséum d'histoire naturelle, et publié sous les auspices de M. Guizot, Ministre de l'instruction publique. 7 vol. grand in-4°, avec 450 planches ou cartes de même format.

Cet ouvrage sera publié en 75 livraisons, composées chacune de 6 à 7 feuilles de texte et de 6 planches. Le texte et les planches, confiés aux meilleurs artistes, seront exécutés avec beaucoup de soin, sur grand papier vélin, format in-4° jésus.

Le prix de chaque livraison est fixé à 12 fr. 50 c. : il paraîtra une livraison par mois; 4 livraisons sont en vente.

ANALYSE DE L'HISTOIRE ASIATIQUE ET DE L'HISTOIRE GRECQUE; par M. Arbanère, membre de plusieurs Sociétés savantes. 2 v. in-8°, gr. pap. vél. *Cet ouvrage a été imprimé à l'Impr. royale par ordre du Roi.* 16 fr.

L'ITALIE, LA SICILE, MALTE, LA GRÈCE, LES ILES IONIENNES ET LA TURQUIE, Souvenirs de voyages historiques et anecdotiques; par M. J. Giraudeau, D.-M.-P., membre de plusieurs Sociétés scientifiques, etc. In-8°, orné de vignettes et de 12 planches. 8 fr.

VOYAGE EN SUÈDE, contenant des notions étendues sur le commerce, l'industrie, l'agriculture, les mines, les sciences, les arts et la littérature de ce royaume; les mœurs, les coutumes et les usages de ses habitans; l'histoire de son gouvernement, de ses finances, de sa marine marchande, de ses forces de terre et de mer, de ses ressources; la description complète de son territoire, considéré tant sous le rapport de la géographie physique que sous celui de la géologie et de l'histoire naturelle, suivies de détails sur le gouvernement de Charles XIV Jean (Bernadotte), et sur les causes qui amenèrent son élévation au trône; par Alexandre Daumont. Deux vol. in-8, accompagnés d'un atlas grand in-4 composé de carte, vues, planches de costumes, etc., dont une partie coloriée. Prix : 21 fr.

VOYAGE DANS LA RÉGENCE D'ALGER, ou Description du pays occupé par l'armée française en Afrique; contenant des observations sur la géographie physique, la géologie, la météorologie, l'histoire naturelle, etc., suivies de détails sur le commerce, l'agriculture, les sciences et les arts, les mœurs et coutumes des habitans; de l'histoire de son gouvernement, de la description complète du territoire, d'un plan de colonisation, etc.; par M. Rozet, capitaine au corps royal d'état-major, attaché à l'armée d'Afrique comme ingénieur-géographe, membre de la Société d'histoire naturelle, et de la Société géologique de France. 3 vol. in-8 et un atlas de 31 planches, dont plusieurs coloriées. Prix : 38 fr.

RELATION DE LA GUERRE D'AFRIQUE pendant les années 1830 et 1831; par M. Rozet, capitaine au corps royal d'état-major, membre de la société d'histoire naturelle, de la société géologique de France, etc., attaché à l'armée d'Afrique comme ingénieur-géographe. 2 vol. in-8, avec une carte. Prix : 14 fr.

TRAITÉ ÉLÉMENTAIRE DE GÉOLOGIE, par M. Rozet, capitaine au corps royal d'état-major, professeur de géologie à l'Athénée royal et vice-secrétaire de la Société de géologie de France. 1 vol. in-8°, atlas in-4°. 12 fr.

LA RELIGION NATURELLE, par M. Rozet. In-12. 2 fr.

LA PRINCESSE, par lady Morgan. 3 vol. in-8°. 22 fr. 50 c.

LA JUIVE, histoire du temps de la régence; par madame FOA. 2 vol. in-8°, figure. 15 fr.

LETTRE AU ROI OTHON SUR LE CARACTÈRE DE LA NOUVELLE GÉNÉRATION GRECQUE, par A.-T. CHRESTIEN, D.-M.-M., ex-chirurgien de la marine royale, membre de la Société des sciences, belles-lettres et arts du département du Var, etc., etc. In-8°. 1 fr. 50 c.

GUIDE DES ÉMIGRANS FRANÇAIS DANS LES ÉTATS DE KENTUCKY ET D'INDIANA, ou Renseignemens fidèles sur les États-Unis de l'Amérique septentrionale en général et sur les États de Kentucky et d'Indiana en particulier, indiquant les mesures et précautions à prendre avant de s'embarquer, ainsi que les moyens d'y émigrer agréablement, d'y doubler sa fortune, de la mettre à l'abri de tout risque, et de s'y établir dans une situation à se créer une fortune de 80 à 100,000 fr., après 12 ans d'absence et avec de faibles capitaux. In-8°. 2 fr. 50 c.

LE QUADRILLE DES ENFANS, ou Système nouveau de lecture, avec lequel tout enfant de quatre à cinq ans peut être mis en état de lire dans toutes sortes de livres en trois ou quatre mois; par BERTHAUD. 12e édition, augmentée de contes et d'historiettes, par mesdames DE GENLIS, DUFRESNOY, DE BEAUFORT D'HAUTPOUL, DE MONTOLIEU et HANNAH MORE; ornée de figures et de vignettes, et accompagnée d'une boîte contenant 84 fiches. 1 vol. in-8. Prix: 15 fr.

ESSAI SUR LA CONSTITUTION DE L'HOMME, considérée dans les Rapports avec les objets extérieurs; par G. Combe, président de la Société phrénologique d'Édimbourg; traduit de l'anglais par M. P. DUMONT. Un vol. in-8, Prix: 7 fr. 50 c.

EXCURSION EN GRÈCE pendant l'occupation de l'armée française en Morée, dans les années 1832 et 1833; par M. J.-L. LACOUR, attaché à cette armée en qualité de sous-intendant militaire. 1 vol. in-8. Prix : 7 fr. 50 c.

VOYAGES DANS LES ÉTATS-UNIS DE L'AMÉRIQUE DU NORD, et dans le HAUT ET LE BAS-CANADA; par le capitaine B. HALL, officier de la marine royale, chargé par le gouvernement anglais de missions secrètes dans ces états. Ouvrage orné de la carte de ces pays. Deux vol. in-8. Prix : 15 fr.

VOYAGE AU CHILI, AU PÉROU ET AU MEXIQUE, par le capitaine B. HALL, officier de la marine royale; entrepris par ordre du gouvernement anglais: ouvrage orné de la carte de ces pays. 2 vol. in-8. 2e édition, revue et corrigée sur la troisième édition anglaise. Prix: 15 fr.

VOYAGE DANS LA RÉPUBLIQUE DE COLOMBIA; par M. MOLLIEN, auteur du Voyage dans l'intérieur de l'Afrique, etc., etc. 2 vol. in-8, accompagnés de la carte de Colombia, et ornés de vues et de divers costumes. Deuxième édition. Prix : 14 fr.

VOYAGE AU BRÉSIL, par le prince Maximilien Wied Neuwied, traduit par M. Eyriès. Trois vol. in-8, avec un atlas in-folio, composé de 41 grandes figures gravées en taille-douce, et de belles cartes. Prix : 90 fr.

LE MÊME ouvrage, pap. vélin, dont il n'a été tiré que douze exemplaires. Prix : 150 fr.

LE MÊME ouvrage, sans l'atlas, mais avec les cartes. Prix: 21 fr.

VOYAGE DANS L'INTÉRIEUR DE L'AFRIQUE, aux sources du Sénégal et de la Gambie, fait par ordre du gouvernement français, par M. MOLLIEN, auteur du Voyage dans la république de Colombia; deuxième édition, revue et augmentée. 2 vol. in-8, cartes et gravures. Prix: 14 fr.

SECOND VOYAGE DANS L'INTÉRIEUR DE L'AFRIQUE, depuis le golfe de Benin jusqu'à Sakatou, par le capitaine CLAPPERTON, pendant les années 1825, 1826 et 1827, suivi du Voyage de RICHARD LANDER de Kano à la côte maritime; traduits de l'anglais par les mêmes. 2 vol. in-8, ornés du portrait de Clapperton et de deux cartes gravées par Tardieu. Prix : 14 fr.

VOYAGES ET DÉCOUVERTES DANS LE NORD ET DANS LES PARTIES CENTRALES DE L'AFRIQUE, au travers du grand désert, jusqu'au 10e degré de latitude nord, et depuis Kouka, dans le Bornou, jusqu'à Sakatou, capitale de l'empire des Felatah, exécutés, pendant les années 1822, 1823 et 1824, par le major DENHAM, le capitaine CLAPPERTON, et feu le docteur OUDNEY; suivis d'un appendice contenant les vocabulaires des langues de Tombouctou, de Mandara, du Bornou et du Begharmi; des traductions de manuscrits arabes sur la géographie de l'intérieur de l'Afrique: des documens nombreux sur la minéralogie, la botanique, et les différentes branches d'histoire naturelle de cette contrée; traduits de l'anglais par MM. EYRIÈS ET DE LA RENAUDIÈRE, membres de la commission centrale de la société de géographie, etc. 3 v. in-8, avec un atlas grand in-4, composé de 5 cartes, dont la carte générale de l'expédition, de vues, de figures et de planches représentant les costumes, meubles, instrumens, armes, etc., des peuples de l'intérieur de l'Afrique. Prix: 33 fr.

RECHERCHES GÉOGRAPHIQUES sur l'intérieur de l'Afrique septentrionale, comprenant l'histoire des Voyages entrepris ou exécutés jusqu'à ce jour pour pénétrer dans l'intérieur du Soudan; l'exposition des systèmes géographiques formés sur cette contrée; l'analyse des divers itinéraires arabes pour déterminer la position de Tombouctou, et l'examen des connaissances des anciens sur l'Afrique; suivies d'un appendice traduit par M. le baron SYLVESTRE DE SACY et M. DELAPORTE; par M. WALCKENAER, de l'Institut. 1 fort vol. in-8, avec une grande carte. Imprimerie de Firmin Didot. Prix: 9 fr.

HISTOIRE COMPLÈTE DES DÉCOUVERTES ET VOYAGES faits en Afrique depuis les siècles les plus reculés jusqu'à nos jours, accompagnée d'un précis géographique sur ce continent et les îles qui l'environnent, de notices étendues sur l'état physique, moral et politique des divers peuples qui l'habitent, et d'un tableau de son histoire naturelle; par le docteur LEYDEN et MURRAY; traduite de l'anglais par M. CUVILLIER. 4 vol. in-8, avec un atlas de cartes géographiques. Prix: 30 fr.

VOYAGE DE DÉCOUVERTES AUX TERRES AUSTRALES, fait par ordre du gouvernement, par les corvettes le *Géographe*, le *Naturaliste* et la goëlette le *Casuarina*, pendant les années 1800, 1801, 1802, 1803 et 1804; rédigé par M. PÉRON, et continué par M. LOUIS DE FREYCINET; seconde édition, revue, corrigée et augmentée par M. LOUIS DE FREYCINET. 4 vol. in-8; avec un superbe atlas in-4 de 68 planches noires ou coloriées, dessinées et gravées par les meilleurs artistes. Vingt-cinq de ces planches sont publiées pour la première fois. Prix: 72 fr.

Ces 25 planches se vendent séparément pour compléter la 1re édition. Prix: 18 fr.
Le tome II de la première édition publiée en 1816, in-4° et atlas, se vend séparément. 36 fr.

HISTOIRE DE L'ÉGYPTE sous le gouvernement de Mohammed-Aly-Pacha, ou Récit des événemens politiques et militaires qui ont eu lieu depuis le départ des Français; par M. FÉLIX MENGIN: ouvrage enrichi de notes par MM. LANGLÈS et JOMARD, et précédé d'une introduction historique par M. AGOUB. 2 gros vol. in-8, imprimés sur beau papier, accompagnés d'un atlas très bien lithographié, figures noires. Prix: 22 fr.; et fig. coloriées, 27 fr.

VOYAGE DANS L'EMPIRE D'AUTRICHE, ou Essai politique et géographique sur cet empire; par M. le chevalier MARCEL DE SERRES, inspecteur des arts et des manufactures, professeur de la Faculté des Sciences à l'Université de France, etc. 4 forts vol. in-8, avec une carte physique de l'empire d'Autriche, et plusieurs coupes générales sur le niveau des montagnes, des plaines et des villes de cette contrée. On y a joint des tableaux fort curieux sur la manière dont les différentes races d'Autriche se trouvent répandues dans les diverses provinces de cet empire; enfin plusieurs tableaux indiquant, d'une manière comparative, l'étendue territoriale de l'Autriche à différentes époques, ainsi que le rapport qui existe entre l'étendue de cette contrée et la population qui s'y trouve. Prix: 30 fr.

ART DE VÉRIFIER LES DATES avant Jésus-Christ. 5 vol. in-8, 1re série. Prix: 35 fr.
LE MÊME. 1 vol. in-4. Prix: 45 fr.
LE MÊME. 1 vol. in-fol. Prix: 75 fr.

ART DE VÉRIFIER LES DATES, ou Histoire de tous les peuples, de tous les rois et de toutes les époques, depuis la naissance de Jésus-Christ jusqu'en 1770. 19 vol. in-8, 2e série. Prix: 133 fr.
LE MÊME. 5 vol. in-4, plus les tables. Prix: 266 fr.

ART DE VÉRIFIER LES DATES, depuis 1770 jusqu'à nos jours, formant la continuation et la troisième série de l'ouvrage des Bénédictins de Saint-Maur, rédigées par une société de savans.

Cette troisième série forme 15 vol. in-8, ou 4 vol. in-4, ou 4 vol. in-folio.
Le prix du volume est de 7 fr. pour l'in-8; de 45 fr. par vol. in-4; enfin de 75 fr. par vol. in-folio.
Il a été tiré des exemplaires en papier vélin des trois séries, sur format in-4; le prix est du double.

DICTIONNAIRE DES CHASSES, contenant l'histoire des animaux qui font l'objet de la grande et de la petite chasse, l'explication des termes de chasse, la description des armes, instrumens, piéges, filets, engins et procédés de toute espèce employés dans cet art, et les dispositions réglementaires sur l'exercice de la chasse dans les bois et en plaine; par M. BAUDRILLART.

Il forme un fort volume in-4, accompagné d'un atlas de même format que celui du *Dictionnaire des Pêches*. Cet atlas contient au moins 49 planches représentant les différentes races de chiens de chasse, les quadrupèdes et les oiseaux qui font l'objet d'une chasse quelconque, et tous les instrumens et piéges qui servent à tuer ou à prendre ces animaux. Prix pour les souscripteurs : 45 fr.

Cet ouvrage a été revu et augmenté par M. DE QUINGERIE, ancien chef de bureau à l'administration de la vénerie et des chasses de S. M. Charles X.

DICTIONNAIRE DES PÊCHES, contenant l'histoire naturelle des poissons et des autres animaux aquatiques qui font l'objet de la pêche des Européens; l'explication des termes de pêche et de navigation; la description des lignes, hameçons, filets, engins et instrumens de toute nature, qui sont employés dans les diverses sortes de pêches; les dispositions réglementaires tant sur la pêche fluviale que sur la pêche maritime; par M. BAUDRILLART, chef de division à l'administration des forêts, etc. 1 vol. in-4, avec un atlas format grand in-4 de 44 planches, représentant au moins cent figures de poissons de mer et de rivière, et diverses sortes de pêcheries avec les instrumens qui y sont propres. Prix : 34 fr.

NOUVELLE BIBLIOTHÈQUE D'UN HOMME DE GOUT, contenant les jugemens tirés des journaux les plus connus et des critiques les plus estimés, sur les meilleurs ouvrages qui ont paru dans tous les genres, tant en France que chez l'étranger, par M. BARBIER, bibliothécaire du Roi. 5 vol. in-8, papier fin. Prix : 25 fr.

Les tomes 4 et 5 se vendent séparément. Prix de chaque volume : 6 fr.

HISTOIRE DE JEANNE D'ARC, surnommée pendant sa vie la Pucelle, et après sa mort la Pucelle d'Orléans; tirée de ses propres déclarations consignées dans les grosses authentiques des procès-verbaux des interrogatoires qu'elle subit à Rouen; par M. LEBRUN DE CHARMETTES. 4 forts vol. in-8, avec sept jolies figures et le portrait de Jeanne d'Arc. Prix : 25 fr.

LES COURS DU NORD, ou Mémoires originaux sur les souverains de la Suède et du Danemark, depuis 1766; traduits de l'anglais de JOHN BROWN par J. COHEN. On a joint à ces Mémoires l'Histoire de la Révolution de 1772, la Relation de la déposition de Gustave IV Adolphe, écrite par lui-même, pièce inédite. 3 vol. in-8, ornés des vues de Copenhague, de Stockholm, et de sept portraits. Prix : 21 fr.

VIE DE JACQUES II, ROI D'ANGLETERRE, tirée des Mémoires écrits de sa propre main, à laquelle on a joint les conseils du roi à son fils, et le testament de sa majesté; d'après les mémoires originaux de la famille des Stuart; ouvrage publié par ordre du prince régent, et publié par J.-S. CLARKE, docteur ès-lois, traduit de l'anglais par M. COHEN. 4 vol. in-8, ornés d'un joli portrait. Prix : 24 fr.

TABLEAUX CHRONOMÉTRIQUES ÉLÉMENTAIRES DE L'HISTOIRE DE FRANCE, indiquant les démembremens des provinces et leur réunion à la couronne, et par des signes, la vie des rois, la durée de leur règne, les événemens mémorables, siéges, traités, alliances; l'origine de la féodalité, celle de la noblesse, des parlemens, des impôts, les convocations des états généraux, les changemens survenus dans l'état moral et politique des Français; par M. GOFFAUX. 1 vol. in-8° de 25 feuilles, avec la carte de France et les tableaux, coloriés. Prix : 6 fr. 50 c.

ÉPOQUES PRINCIPALES DE L'HISTOIRE, pour servir de précis explicatif au tableau chronométrique, indiquant l'origine, les progrès, la durée et la chute des empires; par M. GOFFAUX. 1 vol. in-8°, avec le tableau colorié, nouvelle édition, corrigée d'après les derniers changemens politiques. Prix : 6 fr.

MANUEL DES EXPERTS EN MATIÈRES CIVILES, ou Traités, d'après les Codes civil, de procédure et de commerce : 1° des experts, de leur choix, de leurs devoirs, de leurs rapports, de leur nomination, de leur nombre, de leur récusation, de leurs vacations, et des principaux cas où il y a lieu d'en nommer; 2° des biens et des différentes espèces de modifications de la propriété; 3° de l'usufruit, de l'usage et de l'habitation; 4° des servitudes et services fonciers; 5° des réparations locatives, de la garantie des défauts de la chose vendue, de la vérification des écritures, du faux incident civil, des mines, relativement aux indemnités auxquelles elles peuvent donner lieu entre les propriétaires de terrains et les concessionnaires, et de l'estimation ou fixation de la valeur des différentes espèces de biens, notamment de ceux qui sont expropriés pour cause d'utilité publique ; 6° des bois taillis, des futaies et forêts, de leurs séparation, délimitation et arpentage, le tout d'après les règles établies par le Code forestier.

Cet ouvrage, indispensable aux architectes, entrepreneurs, propriétaires, fermiers, locataires et autres, est terminé par des procès-verbaux, ou rapports des principales opérations d'experts en matières contentieuses et non contentieuses; par M. CH., ancien jurisconsulte, auteur du *Manuel des arbitres*, 6e édit. Prix : 6 fr.

MANUEL DES ARBITRES, ou Traité des principales connaissances nécessaires pour instruire et juger les affaires soumises aux décisions arbitrales, soit en matières civiles ou commerciales, contenant les principes, les lois nouvelles, les décisions intervenues depuis la publication de nos Codes, et les formules qui concernent l'arbitrage, ouvrage indispensable aux personnes qui consentent à être nommées arbitres ou qui sont attachées à l'ordre judiciaire, ainsi qu'aux notaires, négocians, propriétaires, etc.; par M. CH., ancien jurisconsulte, auteur du *Manuel des Experts*. Nouvelle édition. Prix : 8 fr.

RECUEIL GÉNÉRAL ET RAISONNÉ DE LA JURISPRUDENCE et des attributions des justices de paix, en toutes matières, civiles, criminelles, de police, de commerce, d'octroi, de douanes, de brevets d'invention, contentieuses et non contentieuses, etc., etc.; par M. BIRET. Cet ouvrage, honoré d'un accueil distingué par les magistrats et les jurisconsultes, vient d'être totalement refondu dans une troisième édition; c'est à présent une véritable encyclopédie où l'on trouve tout absolument tout ce que l'on peut désirer sur ces matières. Toutes les questions de droit, de compétence, de procédure, y sont traitées, et des lacunes, des controverses très nombreuses y sont examinées et aplanies; troisième édition. 2 forts vol. in-8. Prix : 14 fr.

CODE RURAL, ou Analyse raisonnée des lois, décrets, ordonnances, réglemens, avis du conseil d'état, et arrêts anciens et modernes, rendus en matière de police rurale; par M. BIRET. 1 vol. in-8. Prix : 6 fr.

VOYAGE AUX INDES-ORIENTALES, par le nord de l'Europe, les provinces du Caucase, la Géorgie, l'Arménie et la Perse; suivi de détails topographiques, statistiques et autres, sur le Pégou, les îles de Java, de Maurice et de Bourbon, sur le cap de Bonne-Espérance et Sainte-Hélène, pendant les années 1825, 1826, 1827, 1828 et 1829; publié sous les auspices de MM. les ministres de la marine et de l'intérieur, par M. CHARLES BÉLANGER, chevalier de l'ordre impérial du Lion et du Soleil de Perse, naturaliste-directeur du jardin royal de Pondichéry, membre de plusieurs sociétés savantes. 8 vol. grand in-8, accompagnés de 3 atlas grand in-4, formant au moins 200 planches, dont 90 environ coloriées. Ouvrage dédié au roi.

Cet ouvrage aura trois divisions : I. Zoologie, 8 livraisons; II. Botanique, 8 livraisons; III. Histoire du Voyage, 20 livraisons.

Prix de chaque livraison en souscrivant à l'ouvrage entier.

Papier grand-raisin superfin satiné. 10 fr.
Papier grand-raisin vélin superfin satiné, tiré à un petit nombre d'exemplaires. 20 fr.
Papier grand-raisin vélin superfin satiné, tiré à quelques exemplaires seulement, format grand in-4° (même grandeur que les planches), doubles figures, noires et coloriées, avant et avec la lettre; les figures noires tirées sur papier de Chine : exemplaires d'amateurs. 30 fr.

Prix de chaque livraison, en souscrivant séparément à chacune des trois divisions.

Papier grand-raisin superfin satiné. 12 fr.
Papier grand-raisin vélin superfin satiné. 24 fr.
Papier grand-raisin vélin superfin satiné, format grand in-4°. 36 fr.

Le prospectus se distribue.

TABLEAUX HISTORIQUES DE LA RÉVOLUTION FRANÇAISE, ou Collection de 158 gravures, représentant les principaux événemens qui ont eu lieu en France depuis la formation des États-Généraux en assemblée des notables tenue à Versailles en 1787, gravées par les premiers artistes de Paris, tels que DUPLESSIS-BERTAUX, CHOFFART, COPIA, COIGNY, BOVINET; accompagnées d'un discours historique composé par une société de gens de lettres; suivies de 66 portraits des hommes qui ont le plus marqué dans cette période de notre histoire, avec une notice historique sur chacun d'eux, précédée d'un camée, dessiné et gravé par J. DUPLESSIS-BERTAUX. 2 vol. in-fol., imprimés sur papier gr.-raisin vélin, divisés en 33 livraisons. 99 fr.

COLLECTION DE MACHINES, INSTRUMENS, USTENSILES, CONSTRUCTIONS, APPAREILS, ETC., employés dans l'économie rurale, domestique et industrielle. Deux vol. in-4, imprimés à deux colonnes, sur grand-raisin vélin, accompagnés de deux cent dix planches environ, imprimées sur papier vélin, représentant au moins douze cents sujets, très bien lithographiés, d'après les dessins originaux faits dans diverses parties de l'Europe; par M. le comte DE LASTEYRIE. Nouvelle édition, revue, corrigée et augmentée, divisée en 22 livraisons. 66 fr.

TRAITÉ ÉLÉMENTAIRE D'HISTOIRE NATURELLE, comprenant l'organisation, les caractères et la classification des végétaux et des animaux, les mœurs de ces derniers, et les élémens de la minéralogie et de la géologie, par G.-J. MARTIN-SAINT-ANGE et F.-E. GUÉRIN. Deux forts vol. in-8, ornés de 160 planches environ, dessinées par les auteurs et gravées par les meilleurs artistes, tirées en couleur et terminées au pinceau avec le plus grand soin.

Cet ouvrage sera divisé en trois parties : 1° Zoologie et Anatomie comparée; 2° Botanique et Anatomie végétale; 3° Minéralogie et Géologie.

Il sera publié en 75 à 80 livraisons au plus ; ce nombre de livraisons ne sera dépassé sous aucun prétexte: toute livraison excédante sera délivrée gratis aux souscripteurs.

Chaque livraison, renfermée dans une couverture imprimée, contiendra deux planches et une feuille de texte.

La première livraison paraîtra le 15 mars 1834. Les livraisons suivantes seront exactement publiées de 15 jours en 15 jours.

La *Partie Zoologie et Anatomie comparée* formera 55 livraisons renfermant 110 planches et 55 feuilles de texte environ.

La *Partie Botanique et Anatomie végétale* formera 17 livraisons renfermant 34 planches et 17 feuilles de texte environ.

La *Partie Minéralogie et Géologie* formera 5 livraisons renfermant 10 planches et 5 feuilles de texte environ.

Chaque partie aura son titre particulier et sera terminée par des tables alphabétique, méthodique et analytique.

Prix de chaque livraison, en souscrivant à l'ouvrage entier.

Papier superfin satiné, figures noires. 1 fr. | Papier superfin satiné, figures coloriées. 2 fr.

Prix de chaque livraison, en souscrivant séparément à chacune des trois divisions.

Papier superfin satiné, figures noires. 1 fr. 25 c. | Papier superfin satiné, figures coloriées. 2 fr. 50 c.

OUVRAGES DE M. LESSON.

HISTOIRE NATURELLE DES OISEAUX DE PARADIS, des Séricules et des Épimaques, précédée d'une introduction dans laquelle l'auteur peint à grands traits les paysages de la Papuasie, les habitudes des peuples au milieu desquels vivent les paradisiers, ainsi que leurs usages, leurs mœurs et l'historique de leur découverte; suivie d'une description exacte de ce pays, que si peu de voyageurs visitèrent; et terminée par un synopsis spécifique, destiné aux naturalistes. 1 vol. in-8, grand raisin, orné de 45 planches environ, dessinées et gravées par les meilleurs artistes, tirées en couleur et terminées au pinceau avec le plus grand soin. Prix : 60 fr.
Le même ouvrage, papier vélin. Prix : 120 fr.
Le même ouvrage, papier vélin, doubles figures. Prix : 180 fr.

HISTOIRE NATURELLE DES OISEAUX-MOUCHES. 1 vol. in-8, grand-raisin, accompagné de 86 planches dessinées et gravées par les meilleurs artistes, tirées en couleur et terminées au pinceau avec le plus grand soin. Prix : 85 fr.
Le même ouvrage, papier vélin. Prix : 170 fr.
Le même ouvrage, papier vélin, doubles figures. Prix : 255 fr.

HISTOIRE NATURELLE DES COLIBRIS, suivie d'un supplément à l'Histoire naturelle des oiseaux-mouches. 1 vol. in-8, grand-raisin, accompagné de 66 planches, dessinées et gravées par les meilleurs artistes, tirées en couleur et terminées au pinceau avec le plus grand soin. Prix : 65 fr.
Le même ouvrage, papier vélin. Prix : 130 fr.
Le même ouvrage, papier vélin, doubles figures. Prix : 195 fr.

HISTOIRE NATURELLE DES TROCHILIDÉES, suivie d'un index général, dans lequel sont décrites et classées méthodiquement toutes les races et espèces du genre *Trochilus*. 1 vol. in-8, grand-raisin, accompagné de 66 planches, dessinées et gravées par les meilleurs artistes, tirées en couleur et terminées au pinceau avec le plus grand soin. Prix : 70 fr.
Le même ouvrage, pap. vélin. Prix : 140 fr.
Le même ouvrage, papier vélin, doubles figures. Prix : 210 fr.

Nota. Chacun de ces trois derniers ouvrages, quoique dépendans l'un de l'autre, est tout à fait complet pour la partie qu'il traite, et se vend séparément.

ILLUSTRATIONS DE ZOOLOGIE, ou Choix de figures peintes d'après nature des espèces nouvelles et rares d'animaux, récemment découvertes, et accompagnées d'un texte descriptif, général et particulier; ouvrage servant de complément aux Traités généraux ou spéciaux publiés sur l'histoire naturelle, et destiné à les tenir au courant des nouvelles découvertes et des progrès de la science, orné de 60 planches par volume in-8, grand-raisin, dessinées et gravées par les meilleurs artistes, tirées en couleur et terminées au pinceau avec le plus grand soin. Chaque volume. 65 fr.
Le même ouvrage, papier vélin. Prix : 130 fr.
Le même ouvrage, in-4. Prix : 130 fr.
Le même ouvrage in-4, papier vélin. Prix: 260 fr.

CENTURIE ZOOLOGIQUE, ou Choix d'animaux rares, nouveaux ou imparfaitement connus. 1 vol. in-8, grand-raisin, orné de planches inédites, dessinées et gravées par les meilleurs artistes, tirées en couleur et terminées au pinceau avec le plus grand soin. Prix : 96 fr.

OEUVRES COMPLÈTES DE M. DE LANTIER.

Treize vol. in-8, ornés de vignettes, d'après les dessins de *Chasselat*, *Lafitte*, etc.

VOYAGES D'ANTÉNOR EN GRÈCE ET EN ASIE, avec des notions sur l'Égypte; manuscrit grec trouvé à Herculanum; nouvelle édition. 3 vol. in-8, ornés d'une carte et de trois jolies figures. Prix : 15 fr.
Il a été tiré quelques exemplaires de cet ouvrage sur papier vélin, figures avant la lettre. Prix : 36 fr.

VOYAGE EN ESPAGNE du chevalier Saint-Gervais, officier français, et les événemens de son voyage. 2 vol. in-8, ornés de figures. Prix : 10 fr.

LES VOYAGEURS EN SUISSE. 3 vol. in-8, avec portrait. Prix : 15 fr.

CONTES EN VERS ET EN PROSE, suivis de poésies fugitives, du poème d'Erminie, de Métastase à Naples, et d'un recueil de pièces diverses. 3 tomes en 2 vol. in-8, ornés de vignettes. Prix : 10 fr.

CORRESPONDANCE DE MADEMOISELLE SUZETTE-CÉSARINE D'ARLY. 2 volumes in-8. Prix : 10 fr.

GEOFFROY RUDEL, ou le Troubadour, poème en huit chants, suivi de notes et orné d'une jolie vignette, in-8, deuxième édition. Prix : 5 fr.

Chaque ouvrage de M. Lantier se vend séparément, avec une augmentation de 1 fr. par volume.

OEUVRES DE MADAME DE MONTOLIEU.

Le Robinson suisse, ou Journal d'un Père de Famille naufragé avec ses Enfans ; nouvelle édition, ornée de treize jolies figures. 5 vol. in-12. 12 fr.

Saint-Clair-des-Iles, ou les Exilés à l'île de Barra, traduit librement de l'anglais. 3 vol. in-12, fig. 9 fr.

Tableaux de Famille, ou Journal de Charles Engelmann, traduit de l'allemand d'Auguste Lafontaine. 1 vol. in-12, fig. 3 fr.

La Princesse de Wolfenbuttel, trad. de l'allem. 1 vol. in-12, fig. 3 fr.

Caroline de Lichtfield, ou Mémoires d'une Famille prussienne; nouvelle édition, ornée de jolies figures, et de la musique des romances. 2 vol. in-12. 6 fr.

Corisande de Beauvilliers, anecdote française du seizième siècle, traduit de l'anglais de Charlotte Smith. 1 vol. in-12, fig. 3 fr.

Un an et un jour, traduit librement de l'anglais. 2 vol. in-12, fig. 6 fr.

Ludovico, ou le fils d'un Homme de génie, traduit de l'anglais; ouvrage dédié à la jeunesse. 1 vol. in-12, fig. 3 fr.

La Famille Elliot, ou l'ancienne inclination, traduction libre de l'anglais, d'un roman posthume de miss Jane Austen, auteur de Raison et Sensibilité, d'Emma, etc.; nouvelle édition. 2 vol. in-12, fig. 6 fr.

Ondine, conte trad. librement de Mme Delamotte-Fouqué. 1 v. in-12, fig. 3 fr.

Nouveaux Tableaux de Famille, ou la Vie d'un pauvre Ministre de village et de ses enfans, trad. de l'allem.; nouv. édit. 3 vol. in-12, fig. 9 fr.

Olivier, trad. libre de l'allem., d'après Mlle Car. Pichler. 1 v. in-12, fig. 3 fr.

Dudley et Claudy, ou l'Ile de Téneriffe, traduit de l'anglais de mademoiselle Okeeffe. 6 vol. in-12, fig. 18 fr.

Les Chateaux suisses, anciennes anecdotes et chroniques; nouvelle édition, revue et augmentée de quatre nouvelles. 3 vol. in-12, fig. 9 fr.

La Tante et la Nièce, roman trad. de l'allemand. 3 vol. in-12, fig. 9 fr.

Le Siége de Vienne, roman historique, traduit de l'allemand de madame Caroline Pichler. 3 vol. in-12, fig. 9 fr.

Agathoclès, ou Lettres écrites de Rome et de la Grèce, traduction libre, de madame Caroline Pichler; nouv. édit., revue et corrigée. 3 vol. in-12, fig. 9 fr.

Raison et Sensibilité, ou les deux manières d'aimer, traduit librement de l'anglais. 3 vol. in-12, fig. 9 fr.

La Fille du Marguillier, suivie de *Charles et Hélène de Moldorf*, ou Huit ans de trop, traduit de l'allemand de Mesner. 1 vol. in-12, fig. 3 fr.

Lisély, nouvelle suisse, traduite de l'allemand de Henri Clauren, suivie de Nantilde, ou la Vallée de Balbella, traduite de l'allemand d'Auguste Lafontaine, et de Frères et Sœur. 1 vol. in-12, fig. 3 fr.

La Ferme aux Abeilles, ou les Lis, nouvelle imitée d'Auguste Lafontaine. 1 vol. in-12, fig. 3 fr.

Le Chalet des Hautes-Alpes, suivi de deux feuillets de mon ami Gustave, et d'Amour et Silence, ou la Famille d'Almstein, nouvelle imitée de l'allemand. 1 vol. in-12, fig. 3 fr.

La jeune Aveugle, suivie de la Poupée bienfaisante, traduite de l'allemand de Gustave Schilling. 1 vol. in-12, fig. 3 fr.

Cécile de Rodeck, ou les Regrets, suivis d'Alice ou la Sylphide, nouvelle imitée de l'anglais de la duchesse de Devonshire. 1 vol. in-12, fig. 3 fr.

Histoire du comte Roderigo de W..., suivie du Jeune Fruitier du lac de Joux et des Aveux d'un Mysogyne, ou l'Ennemi des Femmes. 1 v. in-12, fig. 3 fr.

Sophie d'Alwin, ou le Séjour aux Eaux de B***, suivie de la découverte des eaux thermales de Weissembourg, dans le Bas-Siebenthal, au canton de Berne; ancienne tradition tirée de la Rose des Alpes. 1 vol. in-12, fig. 3 fr.

Amabel, ou Mémoires d'une jeune Femme de qualité, traduit de l'anglais de madame Elisa Hervey. 5 vol. in-12, fig. 15 fr.

Exaltation et Piété, contenant : Philosophie et Religion, Anecdote sur David Hume, l'historien.— Le Jeune Quaker, anecdote sur Guillaume Penn.— Les Souvenirs d'Élise, ou la Jeune Morave.— La veille de Noël, ou la Conversion, imitée de l'all.—Le Monastère de S.-Joseph, imité de Gœthe. 1 v. in-12, fig. 3 fr.

La Rencontre au Garigliano, ou les Quatre Femmes, traduit de l'allemand de Basile Ramdohr. 1 vol. in-12, fig. 3 fr.

IMPRIMERIE DE Mme HUZARD (née VALLAT LA CHAPELLE), rue de l'Éperon, 7.

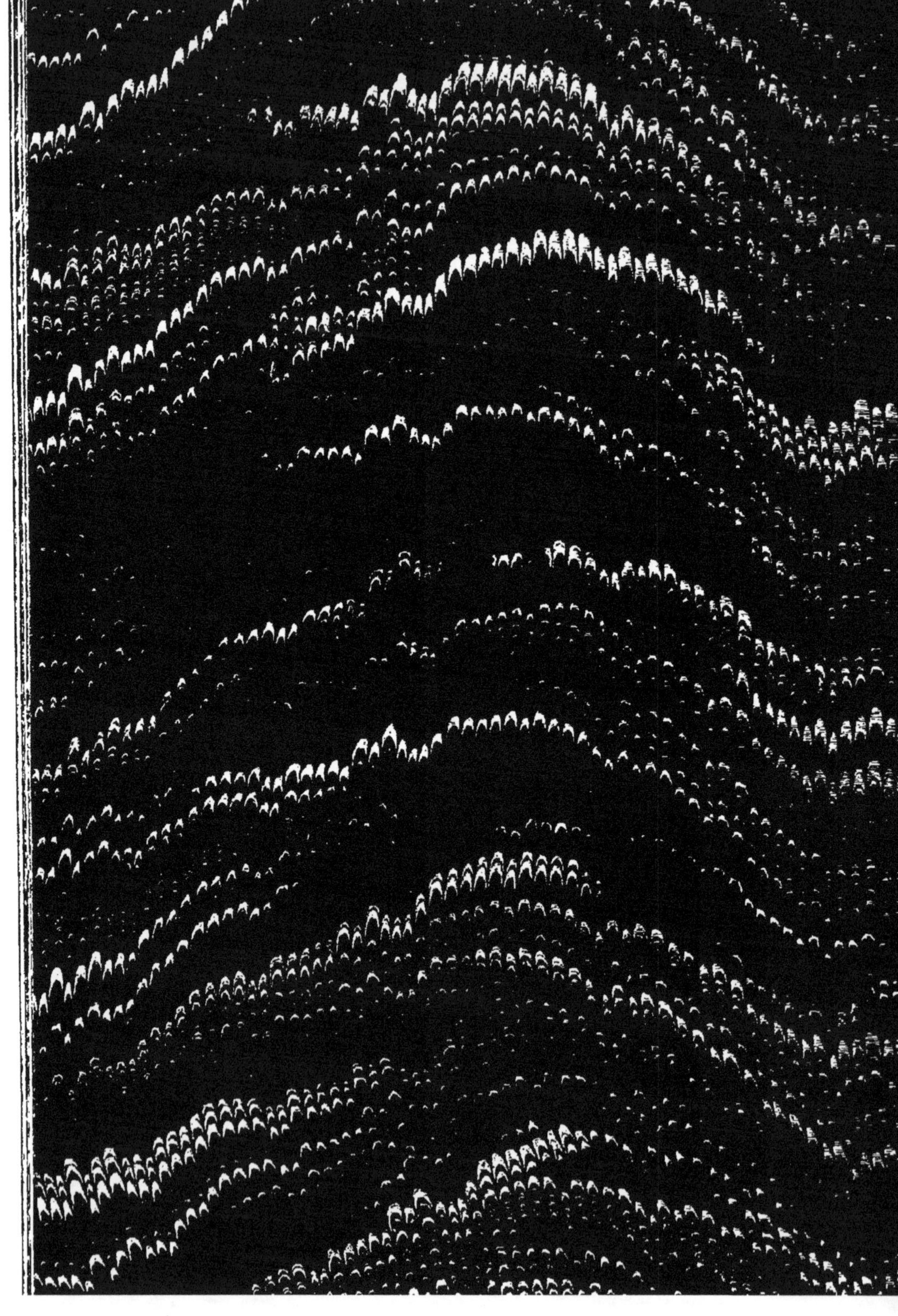

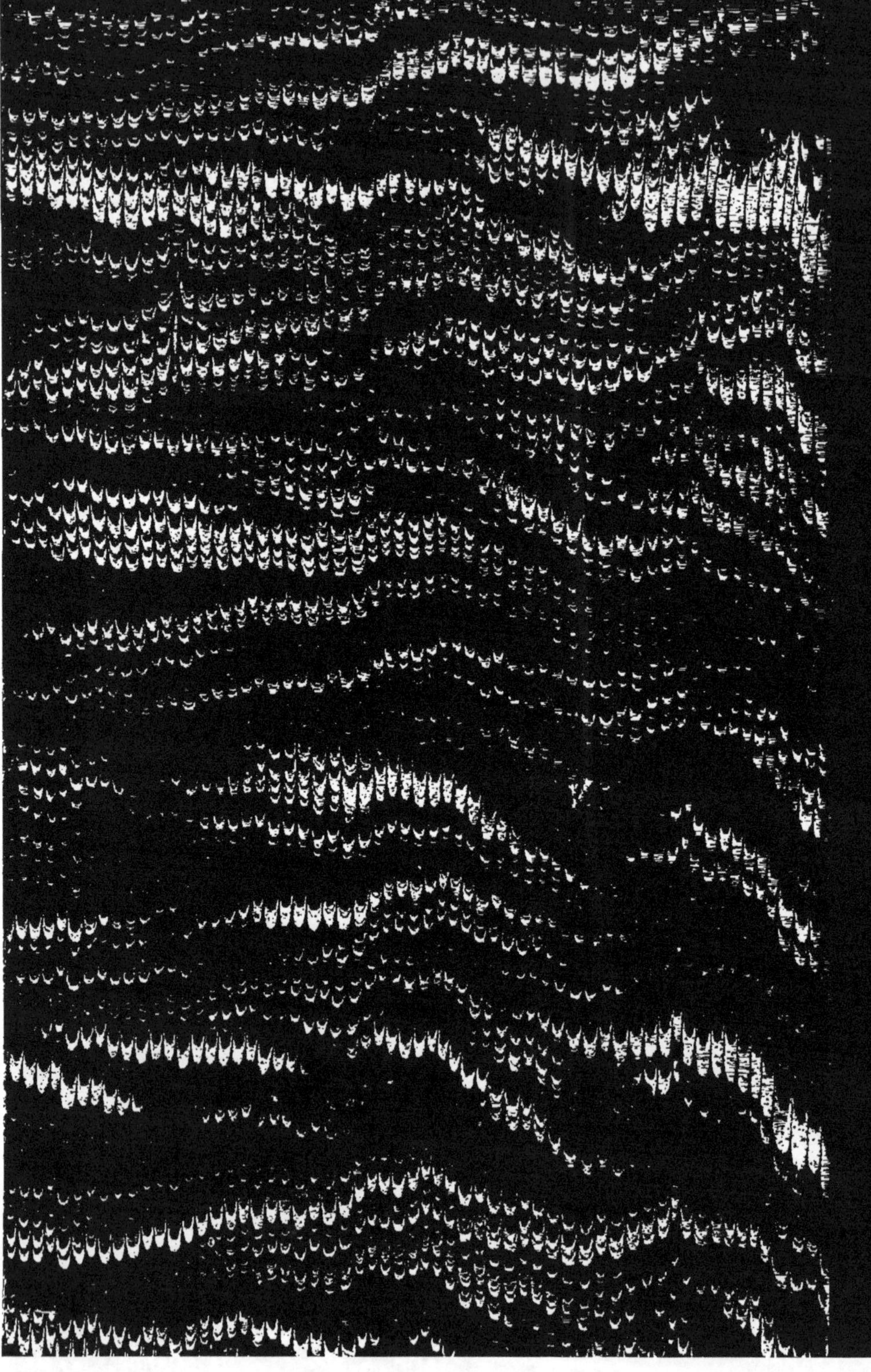

www.ingramcontent.com/pod-product-compliance
Ingram Content Group UK Ltd.
Pitfield, Milton Keynes, MK11 3LW, UK
UKHW012258240726
13966UKWH00004B/1474